U0079411

悲傷天使
曉春因緣際會下，
來到了陌生的孤兒院裡，
原本只是抱著過來走走的心態，
卻被這裡的孩子當做「大一號」的朋友來看
但是他們還有許多默契需要磨合，
就像格列佛遊小人國裡的巨人和小人，
彼此存在著不為人知的一面……
阿貴◎著
Lin Chuie◎插圖

人物介紹

李曉春　十六歲

迷迷糊糊常忘東忘西，卻有一副直腸子的性格，缺乏耐心是她待改進的地方。

李佳佳　二十歲

曉春的姊姊，高中一年級的時候，因緣際會參加了救國團的活動，從此之後便熱衷於助人，個性剛好與妹妹成對比。

張麗美　十二歲

孤兒院裡最年長的女孩子，非常沉默寡言，只對李佳佳有種特別的服從，堪稱院裡最難搞的孩子。

賴邑瑋　十一歲

孤兒院超級調皮的男孩子，常常會欺負院裡的同學和來這裡做義工的人，但是卻拿麗美沒輒。

趙哲輝　十歲

和邑瑋感情最好的孩子，儼然是個小跟班，毫無主見是他的缺點。

黃真倫　八歲

個性平易近人，但是對孤兒院裡的同儕來說，是個很勢利眼的女孩子。

陳圓圓　六歲

目前是孤兒院裡年紀最小的孩子，開朗活潑是院裡的開心果，對任何人都沒心機。

江先生　五十一歲

天使孤兒院土地的大地主，卻因為附近的土地開發案有利可圖，準備將孤兒院的土地收回，換言之就是要拆了天使孤兒院，是個財大氣粗的男人。

范園長　四十四歲

天使孤兒院是范園長和江先生父親一同創立的，充滿愛心的理念，是她堅持讓每年經費不足的園區經營下去。

目次

01。
糟糕的暑假

削蘋果

曉春，我看妳還是別削了，整顆給我就好，不然完好的蘋果要瘦了許多圈囉！

不要！我一定要完成它！

好好好，姊姊知道妳最好了……

張麗美

吶……曉春……
嗯……姊，怎麼了？
我有些擔心那些孩子
哪些？妳跟我提的那些在孤兒院的孩子嗎？
真怪自己為何要這麼不小心，在這個節骨眼上……
很甜吧？
姊……妳就不要想這麼多，畢竟妳也是為學校校運爭取榮譽才受傷的，
妳就直接跟那些小孩明講就好了啊！

但是他們正面臨著大人們醜陋的世界，
這會對他們往後求學及未來發展有著密不可分的關係。
那……該怎麼辦才好……
!
曉春是個很聰明的女孩，一定很明白姊姊想表達的意思吧？
拜託妳……
抓住！
我知道妳一向對小孩子沒怎麼耐心和包容，
但是……現在能幫忙的只有曉春妳了……
怎麼這樣……

就這樣，曉春期待的暑假才高興沒多少天，就硬生生的被沒收了。

看著手上李佳佳畫給她的地圖，再加上背上那沉重的大包包，讓她像極了一位探險家，正在海上找尋著新大陸一樣。

這時候曉春後方衝出一臺急駛而來的腳踏車。

曉春嚇得側身閃躲著，卻被迎面而來的小男孩惡意的撩起裙子。

「你做什麼！死小鬼！」曉春只能氣急敗壞的瞪著做鬼臉的小男孩漸漸遠去。

「哪家的小孩那麼沒教養呀？」曉春暗自的罵道。

曉春吐了長長一口氣，拍拍自己的胸口，似乎在說：「要冷靜、要冷靜。」

走過了一條漫長的田間小徑，才看到比較繁華的小村子，雖然四周也有許多豪華氣派的房子，但是那卻是有錢人買的別墅，只有偶爾來這度假的時候才會看到屋主，不然平常只是拿來養蚊子。

「老婆婆，請問這裡怎麼走？」曉春走到一家雜貨店，隨口問著坐在門口吹涼風的老婆婆。

老婆婆吃力的望著曉春手上的紙說：「那裡，不會很遠。」瞧著老婆婆手指的小山丘方向，有個不起眼的建築物。

「什麼?還要走那麼遠喔？」曉春身上的熱汗已經流滿全身了。

「才幾里路而已，現在小孩子這麼沒體力嗎？」老婆婆聽到曉春的抱怨，不由得唸了幾句。

「呃……」曉春沒辦法反駁，只能摸摸鼻子道了謝，往山丘的路上走去。

※※※

「天使孤兒院。」曉春站在招牌下對著屋內設備評頭論足。

雖然早已經聽佳佳姊姊說過孤兒院像是一個座落在山區的學校一樣，規模不大，但是實際看到這種蕭條的景象，曉春才知道這間已有四十年歷史的建築物已經衰敗成這個樣子，看到眼前廢棄的警衛室，裡面的景色已經可想而知了。

「沒有妳想像得那麼好是不是？」曉春身旁突然傳來輕聲細語的發問，嚇得她退後了幾步。

一位有著烏黑亮麗長髮的小女孩，正經八百的問著。

「我只是在想這麼小的建築物裡面，可以容納幾位小孩子如此而已。」面對小女孩超齡思想，曉春只好擺出一副若無其事的模樣說著。

「看來大姊姊也是來這裡賺取一張證明的吧……」小女孩嘆口氣說。

「什、什麼證明？」曉春錯愕的回答。

「對升學有用的證明。」小女孩意有所指的說。

看著眼前這位帶有濃厚敵意的小女孩，她的眼神像是訴說著，自己只是單純來這混幾天，就可以領到提升在校評比和操行的證明，假如是如此隨便的舉動的話，不如現在打退堂鼓比較好。

「我才不會為了這麼無聊的東西來這邊呢！」曉春對眼前這位自以為是的小女孩有些排斥的感覺。

「真的是這樣的話，我會謝謝妳，但是由衷的希望妳待的這幾天，別傷害到我們才是。」小女孩帶著不屑的眼神，推開孤兒院的大門走了進去。

曉春氣得亂抓頭髮，兩眼充滿血絲的想著：「這裡的小孩到底是怎麼一回事？」

※※※

小小的辦公室裡頭，窗戶旁擠滿了許多小孩子爭相一睹曉春的面容，好像是格列佛遊記的童話故事裡，小人們對巨人充滿的好奇。

「妳是李佳佳那孩子的妹妹啊？這樣我就放心了。」一位戴著老花眼鏡的中年婦女，看完李佳佳給她的信欣慰的說著。

「其實我對照顧年齡還小的弟弟、妹妹沒有什麼把握說……」曉春搔著頭，不好意思的回應著。

「這點妳可以放一百二十個心了，孩子的天真無邪，很快的妳就會融入在他們的

生活裡了，再加上這次暑假義工真的來得有點少……」中年婦女似乎不介意曉春的毫無經驗，反而透露出人力短缺的困境。

「姊姊還要我轉達一句話給園長您知道。」曉春像是突然想起李佳佳交待的事情的模樣。

「佳佳說了些什麼？」園長問著。

「她說……孤兒院的事情她會想想辦法的，千萬不要讓小孩子擔心，姊姊說我只要這樣講的話，園長就懂了。」曉春還想了一下李佳佳所說的話。

「這樣啊！佳佳都受傷住院了，卻還要為這裡操心，我這個園長也真的是糟糕啊！」園長遮著臉，不想讓曉春看到她流淚的樣子。

曉春只能尷尬的望著窗外的小朋友們傻笑著。

「對了，因為其他兩位老師都有自己的學生要帶，不方便帶妳認識一下這裡的環境及妳之後住宿的地方，我請那個女孩帶妳……我想還是算了，我請麗美帶妳逛逛這裡附近好了……」園長誇張的取下老花眼鏡，拿著手帕不斷擦著淚水，卻還能一面招

呼著曉春的食衣住行，令人嘖嘖稱奇。

「女孩是?‧麗美又是?」曉春好奇的詢問。

「那個女孩今天就要走了，也是個義工，而麗美等一下妳就會知道了，她可是我們園區裡最聰明的女孩子。」

園長打開窗戶，許多小孩頓時消失得無影無蹤。

「麗美！麗美啊！來辦公室一下！」園長發出像是獅吼般的大喊。

過了一陣子，辦公室門才打開，一位黑長髮的小女孩走了進來，曉春一眼就認出她是剛剛才在大門外跟她爭論的小女孩。

「妳是剛剛那位……」曉春發現這位叫做麗美的孩子根本沒想理會她的樣子，趕緊閉上嘴。

看著麗美挨近園長的身邊，專心聆聽著園長交待的任務。

然而曉春則是鑽牛角尖不斷的想著，這糟糕到不行的暑假。

02.

五個孩子

「嗨！我叫曉春，第一次來這裡當小老師，所以請你們多多指教。」曉春眼前站著五位孩子，除了麗美是她剛剛認識的以外，其他孩子的年齡似乎都比麗美小很多，也有可能是因為麗美太早熟的關係吧！

「大姊姊好！我叫圓圓，今年六歲！」一位綁著短短的馬尾女孩如此答話著。

「我叫哲輝，也可以叫我小輝就好。」清爽短髮還戴著黑框眼鏡的男孩說著。

「我、我叫做……真倫。」留著一頭蘑菇髮型的女孩，有些害羞的說。

「喂！麗美！妳帶著一個醜八怪來看我們做什麼！我們又不是猩猩！」一位刺蝟頭的男孩，用銳利的眼光瞪著曉春。

「你說誰是醜八怪啊！死小鬼！」曉春回瞪著眼前的男孩。

麗美則是無視兩人的對罵，直說：「他叫邑瑋，是我們園裡年紀最大的男孩子……」

「我想起來了……」曉春根本沒聽麗美的介紹，好像是突然想到什麼似的說：

「你就是剛剛在路上掀我裙子那位小色狼嘛！」

「是我又怎樣？」叫做邑瑋男孩滿不在乎的說。

「什麼怎樣！你這種口氣是要我教訓你嗎？」曉春挽起袖子走上前。

「邑瑋……你又偷跑出去玩了喔？」麗美輕吐了一口氣，走到曉春和邑瑋兩人之間。

「嘿……」邑瑋不小心洩露自己的行蹤，不好意思的搔著頭。

「雖然我對邑瑋這種做法不是很贊同，但是曉春姊姊……」麗美看著曉春說。

看到麗美冷峻的小臉，曉春一瞬間冷靜了下來說：「怎麼了？」

「若妳只是把我們當成小孩子來看待的話，我想……我們的相處，一定非常的困難。」麗美稚嫩的臉蛋，卻散發出與她格格不入的成熟感。

「……」曉春嘴巴張得很大，卻一個字都吐不出來。

「對啊！對啊！她到底來這裡幹嘛的啊！剛才還想教訓邑瑋哥哥耶……」一旁的哲輝怯生生的說。

圓圓吸吮著姆指，好奇的看著這幾個人的對話。

位。

「麗美……」真倫走到麗美的身旁小聲的喊著，似乎想知道眼前的大女孩是哪位。

「你們眼前這位大姊姊，是來暫代佳佳姊姊的位置。也就是說，她是我們這個暑假的小老師。」麗美開始解釋著。

「什麼！佳佳那個老太婆這個暑假竟然沒來！」邑瑋抱著頭失聲大叫。

曉春聽到邑瑋沒禮貌的直喊自己姊姊的名字，感到有些生氣。

「麗美……佳佳姊姊為什麼不來……」真倫拉著麗美的袖子。

「對啊！為什麼她不來……明明寒假時，答應我們要再來的……」哲輝對著麗美抱怨著。

「你們每個人都問我，我怎麼知道！」麗美被問煩了，有些不耐煩的說：「況且園長都說要她來照顧我們了，有意見不是跟我反應的吧！」

這些話聽在曉春耳裡，很不是滋味。雖然從這些話隱約的知道，佳佳姊姊是個很有人氣的小老師，而自己也是初來這裡學習當小老師的，卻受到他們不平等的對待。

「大姊姊……妳認識佳佳姊姊嗎？」圓圓不知不覺走到曉春的面前，拉著她的裙擺問著。

「她是……」正當曉春要大聲的說出「她是我姊姊」的時候，一個現實的想法，立刻讓她轉了念頭。曉春想著「這些小鬼頭要是知道李佳佳是我姊姊的時候，一定更無法無天了，如果我處罰他們，反而會讓他們向佳佳姊姊打小報告」。

「你們口中的佳佳姊姊是誰，我根本不知道，我現在只知道范園長把你們五個交給我管理而已。」曉春閉上眼睛不斷的點頭，為自己編造出來的謊話感到滿意。

「那妳知道佳佳姊姊為什麼不來？」圓圓又拉了一次裙擺說。

曉春想了想，看著邑瑋那張嘲笑她的鬼臉，惱火的說：「也許是因為不想看到某個小男孩，才不想來的吧……畢竟人家搞不好有著名為愛情學分的必修課程，怎麼可能說來就來……」曉春看到周圍氣氛突然凝結起來了，趕緊閉上嘴巴。

「騙人！」原本縮在麗美身後的真倫突然大叫。

「聽妳在放屁……」原本做鬼臉的邑瑋聽到是自己造成佳佳姊姊不來的原因，突

然紅了眼眶反駁著。

「哇哇——」圓圓也哭了起來。

哲輝看著大家沉悶的心情，也跟著哭了起來。

麗美看著大家哭得傷心，便沉著臉語重心長的說：「我們這五個人，就是園長分配給妳的學生，而我們是要相處這短短的兩個月時間。但是初次見面，妳卻搞得這麼糟，我覺得妳是一位不及格的大人，妳沒資格帶領我們！」

「我、我只是……」曉春感到事情一發不可收拾的時候，想解釋卻一點聲音都發不出來。

只能默默看著麗美半哄半安慰的帶著他們走回教室。

※※※

「搞什麼東西！氣死我了……明明爭端又不是我挑起的，為什麼我好像是個大魔頭一樣！氣死我了……啊——」曉春將背上的行李包放了下來。

她看了看宿舍內四周的環境。這是天使孤兒院的女性宿舍，雖然范園長說過女孩子因為體質上的不同，住的地方比男孩子那邊稍微好一些，但是看在曉春眼裡，根本是簡陋到不行的宿舍，到底好在哪裡？

「這是什麼，好厲害……」曉春對著卡在窗戶上的厚紙板瞧了一下，讚嘆的說。

她想起佳佳姊姊常常抱怨說：「政客或是電視上光鮮亮麗的藝人總是利用選舉跟出唱片的時候，才會來這裡抓幾個小朋友博個愛心版面合照外，壓根不會進這裡了解一下這些孩子生存的處境。」

曉春好奇的觀望著那片卡在窗口的厚紙板，猜想這到底是幹什麼用的。

「嘿咻——」曉春踮著腳，抽走那塊紙板。

沒想到窗戶上的玻璃竟然硬生生的倒向曉春面前。

「哇！唔哇——」曉春大喊著，手忙腳亂的接住那塊分離的玻璃。

她使盡吃奶的力氣才將那塊玻璃放回原位，直到那張紙片卡回剛才的地方，曉春

才鬆了一口氣。

曉春氣喘吁吁的說：「搞什麼嘛！這是在惡作劇嗎？氣死我了！唔哇——」曉春話才剛說完，玻璃又倒了下來。

「喂……我說妳啊……」曉春的背後突然傳來麗美的聲音。

曉春轉過頭看著她，支撐玻璃的雙手不斷顫抖著說：「還不快……來幫我……」

只見麗美吐了一口氣，不慌不忙的走到一旁拿著一張木椅緩緩的走向她身邊。

「喂！麻煩妳快一點……不然我可要放手了……」曉春有些埋怨的說。

「好、好。」麗美說歸說，但是手腳還是依她自己的步調在做，有種慢條斯理的悠閒。趁曉春壓著玻璃的時候，麗美踩著木椅，把那片紙板裝了上去。

曉春這時候已經顧不得形象，原本癱坐地上喘著氣，但是抬頭看著那塊與她八字不合的玻璃，不由得手腳並用的爬向安全的地方。

「怕什麼？只要紙板咬得緊的話，就算是颱風天到來也不會倒下來。」麗美一副自信滿滿的表情。

「我說妳們呀……既然窗戶的卡槽壞了，為什麼不請木工師傅來修就好了?妳知不知道這樣很危險耶……」曉春汗流浹背的望著她。

「好啊！我叫人來修，但是錢妳得出。」麗美冷冷的說。

「啥?宿舍是妳們的，為什麼我要出錢？」曉春驚訝得張大口。

麗美拍拍手上的灰塵說：「妳難道還不懂我的意思嗎?所以說我才討厭都市來的人，從頭到腳只有兩個字可以形容……奢侈！」

「妳說什麼！」曉春有點不甘示弱的說。

「被我說到痛處，所以惱羞成怒了嗎？」麗美抬著木椅放回原來的地方。

「才不是呢！我才想問，你們這裡的小孩都是這麼討人厭的嗎?難怪沒有人要來領養你們……」曉春說完才發現自己失言，趕緊閉了嘴巴。

麗美狠狠的瞪了她一下。

曉春以為麗美會再回些辛辣的話，沒想到她只是走向一旁的置物櫃，將門打開來，開始清著裡面的東西。

「喂……我剛剛不是有意的……對不起啦……」曉春搔著頭說。

「說了就說了，幹嘛道歉？反正對我說這些根本無關痛癢，但是這些話妳不准對著我們孤兒院的弟弟妹妹說，懂嗎？」麗美還是依然故我的整理置物櫃，瞧都沒瞧曉春一眼。

「好啦……」曉春無奈的妥協。

「好了，妳的私人物品可以放進來了，以後這裡、這邊都是妳的位置。」麗美手指著置物櫃內的幾個地方，大概分配了一半的位置後便說：「其他的地方就是我的東西，請妳不要亂碰，懂嗎？」

「啥？我跟妳共用一個置物櫃喔？」曉春有些吃驚的說。

「不要的話，妳可以隨便丟在一旁的角落啊！但是我可不能保證妳的東西不會被那些頑皮鬼給翻了出來。」麗美所指的頑皮鬼是孤兒院的孩子們。

「好啦！好啦！」曉春無奈的聳聳肩，提著行李準備放入麗美專用的櫃子。

「還有妳的床在這裡……」麗美手指著一旁的雙層床鋪的上層。

但是床鋪上卻有另外一組床單被套。

「那些寢具是我的嗎？」曉春從背包裡拿出幾件換洗衣物。

「很抱歉，那是我的。」麗美爬了上去，挪了一下位置。

「哎！兩個人睡一張床？擠在這小小的一張床裡面？」曉春驚訝的說。

「是這樣沒錯，怎麼了？」麗美緩緩的從上鋪爬了下來。

「這樣妳不會覺得很擠嗎？」曉春嘟嘴抱怨著。

「沒辦法，這所孤兒院就是這麼小，不好意思破壞妳的美夢了。」

「那我要睡下舖，睡上面我會不習慣。」曉春討價還價的說。

「不可能的。」麗美無奈的搖搖頭說：「年紀小的孩子要睡下舖，因為他們睡相不好的話，對他們來說上舖是很危險的地方。」

「喔……」曉春心裡雖然知道這個道理，但是還是有點不甘心，畢竟自己說起來也是客人吧！

「園長說今天一整天先給妳調適心情以及認識一下環境和孩子們。所以待會行李

放好，妳就可以自由的逛逛這裡。」

「好……」曉春想著這將近兩個月的暑假要在殘破的孤兒院裡度過，顯得有些落寞。

「差點忘了……」麗美走出門口後又繞了回來說：「妳的寢具晚點會有一位姊姊拿過來。」

「妳口中那位姊姊也是這裡的孩子嗎？」

「不是！她只是比妳早到二個禮拜來這做義工而已。」麗美撥撥頭髮。

「那她的寢具給了我之後要睡哪裡啊？」曉春攤手好奇的說。

「睡哪？我倒不知道她要睡哪裡，只知道妳是來跟她交接的。那個姊姊啊……已經受不了的中途放棄了。」麗美沒有露出一些婉惜的眼神，只是嘴角有些發笑的說。

「原來是范園長口中的那個女孩唷……」曉春打了一個哆嗦。

「那……這位大姊姊，請妳好好努力的堅持下去吧！」麗美給了曉春一個詭異的笑容。

03.
戰爭

一轉眼已經到了下午的時間，陽光已經沒那麼強烈了。

「啊——好無聊喔！」曉春在椅子上伸個懶腰。

她看著宿舍周遭冷清的景象，沒有太多都市裡的漫畫、小說、雜誌，也沒有電視可以看，還以為自己是來到佛門聖地一樣，準備打禪似的。

「這裡有什麼地方好玩的啊？」曉春自言自語的走到窗前看著戶外的景象。

從宿舍三樓這裡看出去，附近沒有比較高的建築，普遍都是農村、農家居多，典型的鄉下地方，也難怪空氣異常的清新怡然。

「咦？」曉春的眼神突然瞄到宿舍廢棄的大門牆邊，那裡有個人影蹲著。

好奇心驅使下，曉春走出了宿舍，往廢棄的大門口走去。她東張西望著四周比人還長的雜草，越往裡面走去，曉春心裡卻開始發毛起來，畢竟現在是農曆七月鬼門開的時節，總有很多怪談傳說都是這時候出現的。

走到大門前面，的的確確有個「人」蹲在那裡，似乎在哭泣著。

「請問妳怎麼了……」曉春剛問完，打從心裡開始怨恨自己，就好像許多鬼片的

情節一樣，主角總是會多管閒事或是故意一個人自己落單在陰暗的地方，等待災難降臨。

曉春眼前那個「人」抬起頭來，淚眼汪汪的說：「妳是……？」是一個綁著馬尾戴著黑框眼鏡的女孩。

「啊！妳該不會是他們口中所說的來這當義工的那位姊姊吧？」

「是、是啊……」女孩有些哽咽的說。

「我叫曉春，今天剛到這裡，也是來當義工的。」曉春伸出手要拉她起來。

「義工？妳也是來這裡當義工的？妳發瘋了嗎？我都恨不得趕快從這裡逃出去了！」女孩突然歇斯底里的大喊著。

「為、為什麼？到底發生什麼回事了？」曉春被眼前的女孩幾近抓狂的舉動給嚇傻了。

「那個叫做麗美的女孩……不，應該是全部園裡小鬼都是惡魔！他們都是惡鬼的化身！」

「怎麼可能……他們剛剛的樣子滿像一般小孩的啊！還因為小事情哭出來了……」曉春冷汗開始流了出來。

女孩說：「他們一定是假哭！這是他們慣用的技倆，好讓妳失去戒心，一定是的！」

「怎麼可能……」曉春開始回憶著上午的片段。

女孩站起身，兩手抓著曉春的肩膀說：「趕快逃吧！我們一起逃出去……」

「好、好！我們要從哪裡逃出去？」曉春也被女孩驚恐的眼神給煽動，意志力已經被莫名的恐懼給擊破了。

「就是這裡了。」女孩手指著眼前老舊的鐵門。

足足有三個人身長的鐵門佇立在曉春的眼前，外觀雖然已經鏽蝕許多，可是雄偉的高度，就可以打退平常人越過它的衝動。

「這怎麼可能爬的出去啊！頂端還是個倒勾狀耶！」曉春被眼前唯一的逃生口給嚇呆了。

「難道妳要死在這裡嗎？」女孩沉著臉說。

「死？死在這裡？」曉春被女孩誇張的言詞嚇到不知所措。

「我一定要從這裡逃出去。」女孩再度攀上鐵門。

「很危險！不要再爬上去了！」曉春瘋狂的叫喊著。

「讓她爬吧！反正我們已經在上頭動了手腳了。」曉春的後方突然出現了聲音。

五個人站在曉春她們身後，不用想也知道是女孩最害怕的惡鬼們。

「啊……拜託你們饒了我吧！我今天、今天就離開這裡了，我保證以後不會再來了……求求你們。」女孩哀求的臉。

「怎麼可能，我們可是好朋友耶！」麗美訕笑的臉龐說著好像不關她的事情。

女孩更不顧形象的磕頭道歉，但是看在直腸子的曉春眼裡，面對這種毫無倫理的霸凌，讓她火氣不斷的騰燒著。

麗美接著說：「妳可是我們的朋友耶！怎麼可以這樣拋棄我們？」

「我不是……我再也不是了，拜託妳讓我走吧……嗚……」女孩哭得悽慘。

「麗美！你們到底怎麼回事？為什麼要欺負這位姊姊？」曉春挺身站在女孩的身前。

「不關妳的事，請妳最好不要插手管這件事！」麗美惡狠狠的瞪著曉春，已經失去了上午那雙平淡的眼神。

「這女孩到底對你們做了什麼，我根本不知道，但是既然已經道了歉了，為什麼還要欺負她？」曉春說。

「嘿！醜八怪！不關妳的事，趕快讓開！」邑瑋對著曉春警告著。

「妳不讓是不是……」麗美用兇狠的眼神瞪著曉春。

「我不讓……」曉春就算平常是個迷糊蛋，但是還知道什麼是對的事情，什麼是錯的事情。眼前這種以暴制暴的手段，似乎對他們這些孩子來說，已經太超過了些。

麗美身後的孩子，已經手握著數以百計的小石頭。

「你們就盡量丟，有事情我會幫你們扛下來的。」麗美走向四個孩子的身邊說完後，便將手環抱在胸前，一副氣勢凌人的樣子。

「等、等一下……」曉春話還沒說完，四個孩子手上的石頭已經彈如雨下的往她們身上砸過來。

「唔哇！好痛、好痛！」曉春抱著女孩不斷的喊著痛。

來不及跑的兩人就只能伏在地上找掩護躲著。

等到四個孩子手中的石頭丟完的時候，麗美走上前對著曉春身後的女孩說：「妳還會覺得，我們是沒人要的小鬼頭嗎？還覺得我們很好欺負嗎？還是把欺騙我們根本不當一回事？難道妳的眼中只有利益存在？」

女孩只是以哭喪的臉不斷搖頭，根本不敢回話。

挨了許多石吻的曉春，按捺不住心中的怒火，也不管全身多處的瘀青，走上前就給麗美一記巴掌。

「啪！」很響亮的一記。

麗美身後四個孩子都被曉春的舉動給嚇到了，因為她的氣勢更是壓下麗美。

曉春眼角流著淚，不知道是不是痛覺引起的，還是對孩子這麼小就把仇恨掛在嘴

邊的感慨，所流下的。

曉春對著他們大喊著：「你們在責怪大人的所做所為時，有想過自己做過什麼了嗎？想想你們有沒有資格去欺負別人、怪罪他人。當大家踏上義工這個行列的時候，不單單只是為了那張沒意義的獎狀，而是為了做些對社會上那些弱勢團體有意義的事情，不是嗎？」

「……」麗美低下頭，讓她的長髮蓋住她的臉蛋和目光。

「為什麼要預設立場，把大家來這當義工的心意給抹滅掉。就算他們真的只是來這裡做做樣子，也是有做到幾件好事吧？難道非得要搞到這種地步嗎？」曉春抓著麗美的肩膀說。

「別碰我！」麗美推開曉春的手。

「妳為什麼要欺負麗美姊姊！為什麼！」圓圓用生氣的小臉看著曉春，那雙小手不斷使力敲打她的大腿。

「啊……對不起……」曉春想對比較不懂事的圓圓說些什麼，卻一點話都說不出

口。

「妳走吧！大騙子！我們再也不要看到妳了！」麗美大叫著，似乎是衝著曉春身後的女孩來著。

女孩聽到可以離開這裡了，頭也不回的消失在眾人的視線，也不多管剛剛幫她出頭的曉春。

「看吧！妳被拋棄了吧！那位姊姊見到苗頭不對，每次都只顧著自己，根本不會想到我們。」邑瑋攤手無奈的說。

「沒什麼好說的，我們走吧！」麗美走向圓圓的身邊，環抱著她的身體，半哄的帶走她。

「大壞蛋！」真倫對著曉春大罵著。

「對！妳是天下無敵的大壞蛋！」哲輝用奇怪的文字罵著，卻不知道裡頭的意思有些相互矛盾。

「妳很快也會像剛才那位大姊姊一樣的下場。」邑瑋瞪著曉春。

「什麼東西啊……」曉春嘆著氣，忍著疼痛走回宿舍裡。

她拿著背包裡準備的簡易藥物稍微緩和身上幾處瘀青的疼痛。

「那些小鬼到底是為什麼事情，竟然做這種危險的舉動出來，我一定要把這些事跟佳佳報告。」曉春心想著。

「唉！先去上個廁所吧！」曉春小聲嘀咕著。

※※※

「嘩——」曉春沖了水之後，準備開門出去，卻發現門怎麼也推不開。

竟然被硬生生的關在廁所裡面。

「喂！是誰把我鎖在裡面的！」曉春對著門外喊著。

當然，根本沒有人回應她。

「可惡！這種小鬼頭的把戲難不倒我的！」曉春話說完，已經雙腳踩在馬桶上，

準備從氣窗爬出來。

果然門外有真倫跟哲輝兩個人站在那裡，手上還準備了兩個裝滿水的水桶，開心的手舞足蹈，卻不知道曉春已經爬出氣窗，準備跳下來了。

「喂！這種程度的惡作劇也想捉弄我？」曉春安全的著地，一副趾高氣揚的模樣。

「哇——出來了，她爬出來！」真倫跟哲輝不約而同的丟掉水桶邊喊邊逃命。

「哼！臭小鬼，我在你們這年紀的時候，還比你們鬼靈精耶！」曉春自滿的說。

曉春才剛走出轉角，邑瑋就把手中蟑螂扔到她的身上。

「哇——」曉春東跳西跳的模樣，讓一旁的邑瑋樂開懷。

「哇哈哈——妳活該！就是要嚇死妳！」邑瑋更笑得肆無忌憚。

曉春持續大叫著：「哇——騙你的！我根本不怕蟑螂。」不知不覺那隻亂竄的蟑螂已經被曉春抓在手上了。

曉春又順手丟回邑瑋的身上。

「妳……」邑瑋雖然吃驚的看著曉春，但是他卻緊張得不敢亂動。因為蟑螂已經慢慢的從褲子上爬到邑瑋的脖子上。

「唔哇——」邑瑋飛也似的跑下樓梯去。

走了一個邑瑋，接著圓圓又從另一頭搖搖晃晃的走了過來，手裡還拿著塗了厚厚一層顏料的紙盒走了過來。看到圓圓笨拙的身手，曉春也不忍心拆穿她的舉動。

「大姊姊，這個給妳。」圓圓露出可愛的臉蛋將紙盒遞給了曉春。

「好的，謝謝妳。」曉春微笑的收下，且「不小心的」中了圓圓的陷阱。

「哈哈——大姊姊妳被騙了！哈哈！」圓圓邊笑著邊跑離曉春的身邊。

曉春感覺到鄉下的小孩有種奇特的魔力，是城市小孩子無法比擬的，至少他們只是單純的想幫麗美報仇而已。

「咕嚕——」她摸著餓昏的肚子說：「現在應該是用餐時間了吧？真不曉得這裡的飯菜有沒有老媽煮的好吃……」

「可是餐廳在哪裡啊？」曉春開始想念起家裡的生活。

04.
煩惱

在園區繞了半天，曉春才終於找到園裡的餐廳。

一個不起眼廢棄的地下室防空洞。

還沒進門之前，就有許多孩子拿著用過的餐盤往外面流理臺走去，看來大概都吃完飯。

走進餐廳裡面，曉春看到一個大圓桌和三個長桌是園裡所有人吃飯的地方，除了圓桌為園長和老師用餐的地方外，其它三個長桌上，似乎按照年齡來分位置。

「曉春？為什麼現在才來餐廳啊？麗美沒告知我們吃飯的時間跟地點給妳嗎？」范園長看著手錶之後，又轉頭看著坐在角落長椅上的麗美。

「咦？我、我知道，麗美有跟我說過了，只是這裡才五點多就開始用餐了呀？好早喔！」曉春不想連累麗美被園長責罵，只是隨便找個話題回答。

「是啊！這裡的生活作息比較正常，而且平常都不准孩子們買零食吃，所以他們自然而然肚子就餓得快了。」

范園長拉開身旁的鐵椅，示意著要曉春坐在她旁邊。

曉春說：「范園長，謝謝。」

「曉春啊……妳真的跟妳姊姊長得好像喔！都是一個美人胚子，心地也善良，想必功課也是名列前茅吧？」范園長不斷的研究曉春的五官。

「咦……哈哈、哈，沒有啦……」

曉春對於姊姊在園長心目中建立起那種超然的存在，感到一絲絲的慚愧。因為除了外表長得和佳佳姊姊相似外，其他的優點她都沾不上邊。

「對了，我已經請人幫妳留飯菜，待會就拿過來了，用完餐後，妳就可以先去洗澡了，不然晚點孩子們晚自習完再洗的話，可要排很久喔！」范園長提醒著。

「好的，我知道了。」曉春點頭。

「那園長先回辦公室了喔！」

「對了，園長，有件事要請妳幫忙一下……」

曉春靠近范園長的耳朵說：「我想請園長不要洩露我是佳佳的妹妹給孩子們知道。」

「喔？為什麼？發生什麼事情嗎？」園長對這種請求有些好奇的問著。

「因為……我想要靠自己的努力來取得孩子們的信任。」

「是這樣啊！跟佳佳那孩子一樣，都是這種倔脾氣。好吧！園長就幫妳保密，那妳就好好加油吧！」范園長拍拍曉春的肩膀後，轉身出了餐廳。

「大姊姊，這是妳的飯。」圓圓拿著餐盤走到曉春面前。

「喔！謝謝妳喔！」

曉春接過餐盤看著裡面的菜色，似乎比自己想像的還清淡，不由得皺起眉頭。但是想到自己還在跟那五個孩子冷戰中，怎麼可能這麼好心的幫她拿飯菜過來，只能不斷的往菜色中尋找有沒有被惡作劇之類的東西。

「大姊姊，妳有沒有帶零食過來這裡？」這句話說出圓圓是別有企圖的，但是只是一種單純的要求。

「圓圓，妳太奸詐了喔！」真倫站在圓圓的身後突然出聲。

「有啊！可是呢……」曉春嘴角奸笑了起來，因為她想到如何先收服幾個比較貪

吃的小鬼們。

「可是什麼？」真倫已經搶在圓圓前發問，把她推到一旁。

「走開啦！是我先來的耶！」圓圓眼眶已經紅了起來。

「大姊姊，難道是幫妳洗餐盤嗎？」真倫的雙手已經抓住曉春的盤子。

「等、等一下啦！飯我都還沒吃一口呢！而且我要請妳們幫忙的不是這個啦！」

曉春趕緊抓牢自己的餐盤。

「洗衣服嗎？我最會洗了！」圓圓抓著曉春的衣角不放。

「不用了，貼身的衣物我都自己洗。」

「大姊姊……那到底是什麼事情可以讓我們幫忙的？」真倫抓著曉春另外一邊的衣角撒嬌說。

「咳咳！」曉春故意乾咳了幾下說：「首先呢！妳們要先尊重我，既然我有告知過我的姓名，照理來說妳們應該要在大姊姊稱謂前面再加上我的姓氏吧！」

「曉春大姊姊！我們都有一直這樣叫妳啊！」圓圓腦筋動得快，已經在和曉春玩

起文字遊戲了。

「曉春姊姊，我也是！我也是！」真倫也跟著圓圓妳一言我一語的纏著她不放。

正當曉春享受這種女王般的待遇時，她看到坐在角落用餐的麗美，拿著餐盤站了起來，往曉春這裡走了過來。

「那個……」曉春正要為下午打她的事情道歉的時候，只見麗美無視她的目光。

「真倫、圓圓！妳們晚自習的功課是做完了嗎？為什麼現在還在這裡玩！今天妳們又不是餐廳值日生，還留在這裡幹什麼？」麗美扳起臉孔，令在場的曉春都有點窒息的沉重感覺。

「是……」兩人沮喪的低著頭。

「哎……她們只是要幫我做些什麼……就別責怪她們了……」曉春尷尬的夾在中間為氣氛緩頰。

麗美沒有多說什麼，只是瞪了曉春一眼，便往門口走出去。

「曉春大姊姊！我們已經完成妳的要求了，請給我餅乾、糖果！」圓圓還賴著不

走。

「嗯……」曉春這時候想起佳佳姊跟她說過，來這裡只要準備兩樣東西就可以無往不利了。一樣是餅乾、糖果，一樣是微笑。

「曉春姊姊……妳不會食言吧？」真倫皺著眉頭看著她。

「怎麼可能！晚上，等妳們晚自習完來找我吧！」曉春微笑著。

「好！」圓圓和真倫異口同聲的說。

看著她們兩個離開餐廳的背影，曉春咬下她久違的冷飯菜。

「……竟然給我丟石頭進來！」

曉春從嘴裡拿出一顆小指頭大小的石頭。

「被擺了一道……」曉春的臉哭笑不得。

※※※

曉春回到女生宿舍後，已經迫不及待的拿著盥洗用具準備洗澡了，畢竟她想看看這裡的澡堂是長什麼樣子。

「啊！妳為什麼在這裡？」曉春食指指著站在置物櫃前取衣物的麗美。

麗美只是看了她一下，便把腳下的臉盆拿了起來，看來已經做好要去澡堂的準備。

「為什麼妳不用去上課啊？該不會是園長身邊的紅人，所以才有這種特權吧？」曉春酸溜溜的說。

「哼！真不好意思……我已經畢業很久了。晚自習這種東西我當然不用去。」麗美不甘示弱的說。

「畢業？少開玩笑了，妳看起來還只是個中學生吧？」

「天使孤兒院可沒有國中課程的進度，要讀書的話，也只能靠外面的義工來教導我們。」麗美對曉春那種不食人間煙火的想法感到嘆息。

「騙人的吧……」

曉春不敢置信的說：「那妳不就沒有學歷證明了？」

「沒人捐款，也就代表我們這年紀的孩子也只能讀到這裡了，除非被人收養，不然就只能聽天由命了，這就是我們的宿命。」麗美淡淡的說。

「難道沒有其他辦法了嗎？」曉春有些同情麗美的遭遇，畢竟已經是孤兒了，結果想讀書卻沒有經費讓她去讀書。

「怎麼可能！園長光是支出伙食費，就跑盡各政府機關申請經費了，哪還有其他的錢供我上國中？」麗美攤開手搖著頭說。

麗美的幾句話，頓時讓曉春安靜的閉上嘴巴。因為她想起自己都把學校當成個人畫室一樣，上課就是畫畫，根本沒心情專注在課業上。

「不好意思，借過一下！」麗美繞過曉春的身邊。

「等一下！」曉春衝向置物櫃拿著東西。

「妳不用為我擔心，不能讀書不代表我就會自暴自棄，平常我都會自學的……」

「我不是說這件事情！」

曉春打斷麗美說話，她帶著盥洗用具到麗美的身邊說：「我不知道澡堂在哪裡，所以我們一起去吧！」

「……」麗美瞇著眼看著曉春，因為她以為曉春是要說些鼓勵人那種虛偽的話，結果只是自己會錯意罷了。

「幹、幹嘛？」曉春粗線條的問著。

「沒事，走吧！」

麗美走了幾步回頭說：「對了，妳該不會對我們園裡的澡堂抱有很大的期待吧？」

「咦——難道很糟糕嗎？」曉春開始害怕澡堂是一堆綠油油怪噁心的青苔佈滿整個地方。

「沒有妳想像的糟糕。」麗美像是看破曉春的想法說：「但是也沒有妳想像中的好，不過我們女孩子都有維持整個澡堂的清潔，所以髒亂這點，妳可以放一百二十個心。」

「哇……麗美……」曉春跟著麗美並肩而行。

「怎麼了？」

「妳好早熟喔……」

「少來，跟我拍馬屁沒有用。」麗美一眼就看破曉春的企圖。

「喏，這個給妳。」曉春遞上一條包著東西的濕毛巾。

「什麼東西？用東西收買我也是沒有用的。」

「才不是啦！只是冰塊而已。」曉春解釋著。

「拿冰塊給我做什麼？」麗美提出疑問。

「妳忘了我今天打了妳嗎？我看妳的臉還有點腫……」

「所以拿這個來跟我道歉的？」

「我也是好說歹說拜託廚房義工阿姨才要到的，妳就接受我的道歉吧！」曉春又遞上濕毛巾在她的眼前。

「啊？這算哪門子的道歉！」麗美故意雞蛋裡挑骨頭譏笑著曉春。

「麗美姊姊！」身後突有人叫著她的名字。

走廊的另一方，有個身影跑了過來。

「真倫她……她『媽媽』來看她了！」哲輝上氣不接下氣的說。

麗美的眼神突然變了樣，似乎是在懼怕著什麼。

05.
遍體鱗傷

「哲輝，她們目前在哪裡？快告訴我！」麗美著急的問著。

「在、在園長的辦公室裡面，園長她、她正在想辦法拖延著……」哲輝結巴的說，似乎是不得了的事情。

「咚！」麗美直接把臉盆丟在地上，自顧自的跑向園長室。

「等一下！」曉春跟在後頭問著：「真倫的『媽媽』來看她，難道不好嗎？看妳緊張的樣子……」

「當然不好！她的……她的『媽媽』不是一個好『媽媽』……」麗美一段一段的說著。

「妳一定知道我要問為什麼吧……」曉春已經把心中的想法說了出來。

「我會告訴妳的，只是……我們要先想辦法阻止真倫被她的『媽媽』帶離開孤兒院！」麗美露出堅毅的表情。

「什麼？」曉春驚訝的回答。

「因為……她媽媽是個犯罪者。」麗美說：「一個常常進出監獄的吸毒慣犯……」

「天啊……」曉春突然停下腳步。

「怎麼了？」麗美見狀，緩衝一下腳步，也停了下來。

「就算是犯罪者，為人父母的，也有權力見見小孩吧？」曉春沒想到真倫的母親來見她，竟然還會被貼上標籤。

「妳不知道……這幾年下來，那個『媽媽』假藉見她的名義，想要把她帶走。」麗美語氣中有些責備曉春的無知。

「是她的孩子為什麼不能帶走？」曉春有些激動說。

「但是真倫的媽媽根本沒有經濟能力養她，更別說給她生活上的保障！」麗美說。

曉春：「可是……」

「妳要看著真倫餓著肚子在外面乞討嗎？」麗美接著說。

曉春低下頭，搖著頭。

「大人都是這個樣子，他們從來都不曾替我們想過，孤兒院的弟弟妹妹們都是犧牲品，是一種連回收都不能回收的劣質品！我們就是這種的存在！妳懂嗎？」麗美有些情緒化的把她的心聲說了出口。

「那……妳想到方法了嗎？」曉春想換個比較不沉悶的話題。

麗美嘆口氣，似乎開始意識到自己脫序演出。

「我們先去偷偷觀察，再見機行事吧！」麗美小聲的說。

曉春也只能點頭同意，不然她不知道能做什麼，畢竟對方只是認識一天的孩子們，連他們的個性還捉摸不定。

兩人躡手躡腳的躲在園長室的窗外偷看著。

「園長，拜託妳，讓我帶走真倫吧！我真的很想她，想要彌補我這個做母親的責任。」園長室裡，有位乾瘦身材的中年婦人抓著范園長的手不放。

真倫害怕得躲在園長的身後，可想而知，是被母親憔悴且空洞的眼神給嚇到了。

「顏太太，我真的了解妳的思念之苦，但若妳真的要真倫過得好的話，妳應該要先改變自己，絕對要戒掉毒品……」范園長每當說完一句不順真倫母親的話，就開始害怕眼前這位吸毒已經傷到自我意識的女人。

因為這一秒跟你好好的談，下一秒有可能突然豬羊變色，時而大發雷霆鼻涕直流，時而低頭啜泣苦苦哀求，像是有多重人格一樣。

「好可怕……」曉春看到真倫母親因為吸毒所造成的後遺症，感到異常的恐懼。

「妳蹲低一點！待會被那個女人看到，又讓她的脾氣發作還得了！」麗美拉著曉春的裙子示意著要她躲好。

「可是照道理來說，孤兒院的小孩不是都是缺少『父母』的嗎？為什麼真倫會有個媽媽來接她回去？」曉春靠著牆壁問著。

「妳怎麼這麼的沒常識啊！」麗美一副不可置信的表情說：「誰說孤兒院就只收留失去雙親的孩子！當然也有被遺棄或是雙親無法照顧的孩子存在啊……」

「難道妳也是……」曉春胡亂猜測著。

「……」麗美沉默了一下說：「對，我就是被家人丟棄的，但是……那又如何？

真高興他們把我丟掉，我才有現在的『家人』！」

「家人？」

「孤兒院裡的男孩、女孩們，都是我的家人，我的媽媽只有園長一個人而已……」麗美肯定的語氣，好像沒有真正的爸爸媽媽也無所謂似的。

「噓——」麗美突然將食指放在嘴前要曉春安靜。

「怎麼了？」曉春小聲的問著。

「有動靜了。」麗美手比著窗戶裡面。

「顏太太，妳、妳冷靜一點……」范園長眼睛餘光偷瞄著顏太太手中的美工刀。

「我不管！今天我要帶走我的女兒！」顏太太大吼著。

「不要——」真倫害怕得蜷縮在角落裡大喊著。

「真倫……」顏太太看到自己的女兒這麼的怕她，感到非常的痛苦。

「妳不要靠近我！」真倫對顏太太一步一步的靠近，感到恐懼。

「顏太太，當初我們說好只是看看孩子而已，請妳不要食言……」范園長剛說

完，顏太太就惡狠狠的看著她。

「妳的手在幹嘛？」顏太太的臉像是惡鬼一樣的走向范園長身邊。

「沒、我沒有做什麼……」嘴上雖然說沒有，但是范園長的手卻在桌子底下撥打著電話。

「給我把手舉起來！」顏太太嘶吼著衝向范園長。

曉春見狀急忙對著麗美說：「妳去把真倫帶離開這裡，我去幫園長！」

曉春推開門，一個箭步衝向前抓著顏太太的手腕。

「妳這臭小鬼做什麼！」顏太太不斷的想要掙脫被曉春纏住的手。

園長看到曉春奮力的抵抗，趕緊上前打掉顏太太手中的美工刀，三個人扭打成一團。

「碰！」曉春的身體非常用力的撞上一旁的桌子。

「好痛、好痛！」曉春痛到眼淚都噴了出來，大喊著：「麗美！趁現在帶走真倫！」

麗美原本嚇傻的眼神突然被曉春的聲音拉了回來，快步的走向角落抱起真倫就往外跑。

三個人不知道對峙了多久，只知道彼此都已經筋疲力盡的喘著氣。

顏太太被曉春和范園長壓制在地上，無法動彈。

「嗚——」外面傳來急促的警笛聲，看來救兵已經到了。

直到顏太太被警察押上車的時候，都是用兇狠的眼光瞪著曉春和范園長。

「我一定還會回來的！」顏太太離去的時候留下了這句話。

※※※

「曉春，警察那邊的筆錄由我去就好，我剛剛已經吩咐了麗美待會幫妳做些醫療包紮。」范園長心疼的看著曉春手腕上的挫傷。

「沒事啦！小傷口而已……」曉春搔著頭，不好意思的說。

「對呀！她都說只是個小傷口了，園長就別操心了，早點過去警局一趟早點回來，大家才會安心的。」麗美背對著范園長，用冷冷的眼光掃視著曉春的全身上下。

「喂……好歹我也是個傷患吧！」曉春小小抱怨著。

「曉春……真的很對不起，妳今天剛來就發生了這種事情，我這個做園長的都不知道該怎麼跟妳姊姊講……」范園長還不知道自己快要洩露曉春和她之間的祕密了。

「園長！」曉春急忙大叫著。

「啊——」范園長這時候才想起來與曉春之間的約定。

「妳幹嘛突然叫那麼大聲啊？」麗美感到不解的問。

曉春望了范園長一眼，便擠眉弄眼對著麗美說：「這是我和園長之間的『祕、密』」。

「誰稀罕啊！」麗美對著曉春白了一眼。

直到藍紅色的閃光消失在大門外的路口，曉春感嘆的說：「第一天……終於結束了……」

「恭喜妳，可以洗澡了。」麗美冷冷的說。

曉春看著自己和麗美身上的穿著，拖鞋、小短褲、無袖內衣，不自覺的笑了出來說：「彼此、彼此。」

※※※

孤兒院女孩專用的浴室只有二間，難怪范園長會再三的強調要曉春用完餐後，趕快先行洗澡。

「嘩——」曉春轉開了蓮蓬頭開關的水，讓細小水珠打在身上。

一陣陣的白煙從曉春身上冒出。

「哇——」曉春發出讚嘆聲說：「好舒服喔！雖然設備不是很好，但是熱水還是一樣舒服啊！」

曉春觸碰著斷了一腳的置物架，讓它搖晃著。

「我勸妳不要去玩它，到時候斷掉砸傷妳自己就不要怪我們。」麗美突然出現在曉春身後。

曉春嚇得拿著一旁毛巾遮遮掩掩說：「妳、妳幹嘛啊？」

「隔壁的熱水器壞掉了。」麗美沒有感到一絲絲的不好意思。

「但是……我習慣一個人洗澡嘛……」曉春紅著臉尷尬的笑。

「妳跟我身體構造還不是一樣。」麗美湊上前，搶了曉春沖水的位置。

「喂！我身上的肥皂還沒有沖完耶！」曉春看著她抱怨著。

「喏！幫我刷背吧！」麗美強勢的遞上了一支去角質的刷子給曉春。

「妳……」面對不可理喻的麗美，曉春還是乖乖的接過了刷子，開始在麗美的背上抹了又抹。

每抹過麗美背上一處地方，都有深深的舊傷疤。

一條一條的，像是被刻劃上去的一樣。

「……」曉春靜默的擦著麗美的背，因為此刻她知道說什麼也是於事無補的。

麗美是個倔強的孩子，說些安慰的話，反而對她是個汙辱，就這樣安靜的等待吧！等到她自己走出自己所劃的界線吧！

曉春是如此的想著。

洗完澡，她跟著麗美走到頂樓，手裡拿著剛洗好的衣物。頂樓擺設其實是很簡易的東西，幾根竹竿、長角架當支柱，就這樣成為了全園區唯一的曬衣場。

「咦——竟然跟男孩子的衣物掛在一起？」曉春驚訝的問著。

「掛在一起又會怎樣？懷孕嗎？」麗美站在頂樓的圍牆邊，托著臉說。

「妳現在當然覺得不會怎麼樣，但是等妳到我這個年紀的時候……妳就會知道了！」曉春的嘴上說歸說，但是還是將她的內衣大喇喇的掛在竹竿上面。

「我不想知道，如果真的要我選擇的話……我還是想永遠當個小孩子就好了……」麗美淡淡的說。

她正望著夜空中，那顆影響地球潮汐的月亮。

「今晚是尖尖的彎月。」曉春不知何時也靠著圍牆。

「吶……妳有聽說『沒有翅膀的天使』嗎？」可能是剛洗完熱水澡的關係，麗美說話有些懶洋洋的。

「我聽過……因為那是佳佳姊姊曾經講給我聽的故事。」曉春心裡雖然這樣想著，但是礙於自己的計劃只能假裝好奇的說：「那是什麼樣的故事啊？」

麗美說：「從前，有位天使叫做彼特，他被同種族的人排擠，因為他沒有翅膀……」

「沒有翅膀就不是天使了吧……」曉春小聲的吐槽著。

「我不講了。」麗美似乎在對曉春的吐槽做出反制的行動，轉身要離開。

「好啦！好啦！不好意思打擾到妳，請妳繼續講下去吧！我真的很想知道這個故事到底是怎麼樣……」曉春打著圓場。

「真的嗎？」麗美露出狐疑的眼神。

「真的！」曉春雙手合十的說。

「哼！既然妳這麼想聽……我只好繼續說下去了。」麗美將背靠在圍牆上。

「飛上天空，在天空中翱翔，一直是他遙不可及的夢想。那位天使一直不放棄希望，總是想辦法要飛上去，不論是用滑翔翼、竹蜻蜓……」

「竹蜻蜓？……噗嗤」曉春聽到這個名詞，不小心的「笑」了出來，因為跟從佳佳姊姊口中所聽到的版本似乎有些出入，原來天使也會隨著科技日新月異，用最「新」的科技來學飛行。

站在一旁的麗美忍著不滿的情緒，閉上眼睛繼續說著：「不管用什麼方法，他都只能弄得滿身是傷，還是沒有辦法跟他的族人一起飛翔。有天外地來了一位喜愛旅行的天使叫做『約翰』，他看到這位天使悶悶不樂的望著天空，便好奇的走上前詢問。」

「請問你為什麼要一個人在這裡坐著？為什麼不跟他們一起飛行呢？」叫做約翰的天使問他。

「你覺得我跟他們是同一種族的嗎？」彼特好奇的問著。

「當然啊！你身上的味道跟他們一樣，所以我知道你是他們的族人。」

「可是你看看我……」彼特站了起來，轉了一圈：「你覺得我可以飛嗎？」

看到彼特殘缺的翅膀，約翰驚訝的說：「為什麼你的翅膀會……」

「小時候爸爸和媽媽吵架之後，他們就拿我出氣，將我重重的摔在地板上，當時我的翅膀就是這樣被折斷的……」彼特垂頭喪氣的說。

「喔！那你的父母一定非常的自責……」

「沒有，他們一點罪惡感也沒有，因為我被拋棄了，結果我被一位人類收養……」

「我為你的遭遇感到不幸……」約翰搖搖頭，接著說：「但是我看你好像還是眷戀著天空，是吧？」

「是啊！有機會的話……我真想翱翔在天空，那種感覺一定很不錯……」彼特感慨的說著。

「我想……不如這樣好了……」約翰說完，手中已經多了一根黑羽毛。

「這是？」彼特望著約翰手中所持有的珍貴羽毛。

「以後我來這裡一次，我就給你我身上的一根羽毛，而我……回到故鄉以後，我也會跟我的族人告知這件事的，我想他們一定樂於共襄盛舉才是。當你羽毛收集到一定數目的時候，你也可以和我們一樣一起飛翔在天空了。」約翰如此的說。

「為什麼你會對我這麼好？」彼特感動的望著他。

「因為……我曾經也是個沒有翅膀的『天使』。」

「真的嗎？」彼特吃驚的望著他。

「所以你一定要好好的堅持下去。我想時間也不早了，我還得趕去下個目的地，所以我們在這裡約定好，等你的羽毛收集完，一定要通知我，讓我們一起來完成它，然後一起飛翔！」約翰抱著彼特，拍拍他的肩膀說。

「好的……別忘記這是我們的約定喔！」彼特望著約翰離開的身影，小聲的說著。

※※※

此時此刻，麗美看著身旁昏昏欲睡的曉春，已經不打算繼續講下去了，她走上前拍著曉春的臉。

「喂！起來了。」

「唔……咦！妳故事講完了啊？」曉春睏倦的臉東張西望著，似乎還在懷疑自己所在的地方。

「呼……我們回床上睡覺吧！還是妳想睡這裡也無妨。」麗美拿起地上的臉盆。

曉春揉著惺忪的睡臉說：「我要躺在暖呼呼的床上。」

回到寢室後，寂靜昏暗的景色映入曉春的眼裡。

一陣一陣輕輕的打鼾聲從床邊傳來。

「噓……小聲點，妹妹都睡了，別吵到她們。」麗美小心翼翼的爬上床鋪。

「哇——有棉被了……嗯！好香喔！」曉春抱著床上替她準備的棉被聞了又聞。

「今天那位大姊姊起床之後，我就請妹妹們幫妳洗過枕套、被套了，所以請妳好好愛惜這些東西。」麗美就像老媽子一樣囉嗦，一邊攤開棉被，一邊叮嚀著曉春。

「對喔！那個女孩真的走了？」曉春這才想起今天遇到的那個怪女孩。

「她本來就待不下去了，在這裡只是浪費時間而已。」麗美躺了下去。

「到底發生什麼事情了啊？」曉春也躺了下去。

「那位姊姊……剛開始跟妳一樣，來這裡什麼都不懂，真像個呆子一樣！」麗美轉過身，只留下後腦杓給曉春。

「什麼嘛……」曉春嘟著嘴。

「但是她也有跟我們相處了好一段時間，直到她受不了弟弟妹妹的惡作劇，結果說了不該說的話，還會動手打孩子……」

「可是我也有打過妳……」曉春看著自己的手掌。

「不一樣，對那些小鬼頭來說，我已經是個大人了，大人是要承擔這些事情，做錯事本來就要嚐點苦頭，不是嗎？」麗美的手指觸碰著一旁的牆壁。

「或許是妳沒錯吧！可能那位女孩真的做了什麼無法挽回的事情吧？」曉春坐起身子，撥撥頭髮。

「是啊……」麗美蜷縮著身子說：「她竟然跟江先生告密……」

「江先生？」

這時候兩人感到床在搖動，好像有誰爬了上來。

「曉春姊姊……」是真倫的聲音。

「真倫？這麼晚了為什麼還沒睡覺？」麗美聽到聲音，趕緊坐了起來。

「睡不著……」真倫聽到麗美責怪的聲音，賴皮的鑽進曉春的被窩裡。

「哎！沒關係啦！就讓她睡這裡吧！不然今天的事情，我想對她是個惡夢吧……」曉春抓著真倫的小臉蛋說。

「……」麗美沒說什麼又躺了下去，轉過身說：「我是為妳好，真倫有尿床的壞習慣。」

「不會吧！」曉春拉開棉被看著真倫說：「我想妳還是一個人睡好了……」

「不要啦……」真倫死抱著曉春不放。

「哼！」麗美冷笑了一下：「晚安囉！」

麗美一副不關她的事情一樣，害得曉春只能望著天花板不敢闔上眼。

「換我睡不著了……」曉春嘀咕著說：「但是，有可以讓人依靠的肩膀真好

……」

06.
約定

「這裡沒有便利商店，要到市區才有。」麗美咬了一口黑糖饅頭。

「咦！」曉春在餐廳裡喝著豆漿，感到很訝異。

曉春不知不覺已經融入孤兒院裡，她正坐在麗美的正對面，旁邊還坐著真倫。

「真稀奇呀！真倫昨天竟然沒有尿床！」邑瑋拿著盤子直接坐在麗美身旁。

「需要這麼多事嗎？」麗美白了一眼邑瑋。

「真倫她自己說的啊！幹嘛怪在我頭上。」邑瑋嘴上雖然抱怨，還是偷偷的把一罐保久乳放在麗美的盤子旁邊。

「……」麗美發愁的看著那罐保久乳說：「哲輝剛剛給我一罐了，你留給別人喝吧！」

曉春看到麗美不想喝，趕緊將手中鐵碗裡的豆漿一飲而盡。

「那我不客氣了喔！」曉春伸手將那罐保久乳抽走。

眼睜睜看著曉春將吸管插入保久乳，邑瑋整個人張大了嘴巴看著她。

「啊——保久乳特有的味道，真的有一陣子沒喝到了。」曉春一口氣喝了一半，

鋁箔包因此凹了下去。

「唔、啊……」邑瑋一副欲言又止的模樣。

「怎麼了？我臉上有什麼東西嗎？」曉春好奇的摸著自己的臉。

「妳這個醜八怪！我又沒說要給妳喝！」邑瑋有些惱羞成怒的說。

曉春看著邑瑋突然發脾氣，眉頭深鎖的說：「你拿給麗美喝，就代表你不想喝嘛！給我喝又會怎麼樣？」

「我為什麼要給妳喝？」邑瑋說。

「那你為什麼要特別拿給麗美喝？沒事獻什麼殷勤……」曉春沒好氣的說。

曉春的一句話，讓邑瑋整個臉紅了起來。

「我、我才沒有呢！」邑瑋雖然反駁著，但是眼角餘光似乎在看麗美的反應。

「好了、夠了！等一下要上課的器材你們男孩子那邊準備好了嗎？」麗美制止了曉春和邑瑋的鬧劇。

「……喔！還沒啦！等一下吃完飯就會去了……」邑瑋低著頭偷偷向曉春做了一

副鬼臉。

「曉春姊姊，我昨天真的沒有尿床耶！」真倫說著。

「真倫，女孩子不是要拿上課的課本，都準備好了嗎？」麗美又扳起臉孔說。

真倫頓時垮下臉，悶著頭繼續吃她的早餐。

「好、好了啦……剛起床而已，幹嘛要對他們那麼嚴厲……」曉春打了圓場。

「我有我的原則，請妳別多管閒事。」麗美從懷中取出一罐保久乳放在曉春面前。

「給我的嗎？感謝囉！」貪吃的曉春又收了起來。

「倒是妳……今天是妳第一天帶我們，有想到什麼課程嗎？不會是要我們大眼瞪小眼的度過一天吧？」麗美的手托著下巴瞇眼看著曉春說。

「嘿嘿……我還真的沒想過這個問題耶……那，妳們有想要學習什麼東西嗎？」

曉春搔著頭哈哈大笑著。

「我就知道。」

麗美閉上眼睛，似乎已經在想待會的課程。

「曉春姊姊，帶我們去後山玩好嗎？」真倫聽到曉春把課程選擇權丟給了麗美，趕緊插話。

「後山？」曉春疑惑著。

「不可能的。」麗美馬上打斷真倫的美夢說：「現在是暑假時節，後山都是毒蛇，園長不會讓我們去那裡的。」

「那我去拜託園長讓我們去吧！」曉春眼睛為之一亮。

「拜託妳！幹嘛要為這種不可能的事情去煩園長，麻煩妳想想後果好嗎？去那裡假如有人受傷了，妳能負責嗎？」麗美有些不耐煩的說。

「我們偷偷去就好了啊……」

真倫馬上想到折衷的辦法給曉春知道，但是看到麗美正狠狠的瞪著她，只好低頭繼續吃她的早餐。

「可是我覺得妳們都被『關』在裡面，明明就是暑假了，這裡一點歡樂的氣息都

沒有，所以我贊成去後山玩，是吧？」曉春笑臉對著真倫說。

真倫聽到曉春極力想去後山，精神為之亢奮起來。

「不行！」

麗美招牌撲克臉又擺了出來。

看到麗美堅決的臉，曉春故意望著真倫，用著無奈的眼神說：「怎麼辦？我們這個團體有人不配合，我想那個人應該是怕出了園區就會迷路了吧？畢竟她一直以來都是住在這裡的，從來沒有離家超過一百公尺遠，所以她會害怕？是不是？」

「妳少在那裡使用激將法！我才不是害怕離開這裡！我是為了安全著想！」麗美聽到曉春話中在影射自己，馬上反駁著。

「安全只是藉口吧！是不是怕離開家裡，會被媽媽罵啊？」曉春故意用種面目猙獰的表情望著麗美。

「誰怕啊！我只是提醒妳不要因為玩，而忘記來這裡的目的！」麗美依然辯解著。

「我來這裡的目的，就是玩樂、玩樂、玩樂，還是玩樂！這樣孩子們才有活力呀！」曉春手裡握拳吶喊著。

「隨便你們啊！要去你們自己去，我不奉陪了！」麗美叉手於胸前，不耐煩的閉上眼睛，將頭轉到一旁。

「好耶！真倫我們趕快找人吧！」曉春高興的催促著真倫趕快吃完飯。

「好！」真倫笑得合不攏嘴。

看著曉春離去的背影，麗美低頭望著盤子發呆。

※※※

「什麼！那個醜八怪要偷偷帶我們出去後山玩？真的嗎？」邑瑋聽到真倫氣喘吁吁的通知，高興得快要跳了起來。

「是啊！你們趕快準備一下。還有……吁、吁……曉春姊姊要我們低調一點，不要讓其他人知道，所以你只要幫我通知到哲輝就可以了。」真倫有些上氣不接下氣的說。

「好耶！我馬上去準備，那……老地方等？」邑瑋確認的語氣。

「嗯！老地方！」真倫微笑著。

不到十分鐘的功夫，曉春、真倫、圓圓已經帶了許多東西從女生宿舍出發到真倫他們口中所說的「老地方」。

「好慢喔！」看到曉春她們現在才出現，邑瑋抱怨著。

原來他們口中的老地方，竟然是廢棄的大門前面。

「哈哈哈——你這小鬼頭是什麼裝扮啊！笑死我了！你是要去捕昆蟲喔？」看到邑瑋手持著大型昆蟲網，曉春突然笑了出來。

「吵死了，醜八怪！妳看妳自己帶了什麼？大背包？妳以為妳要去登山喔？」邑瑋不甘示弱的反擊著。

「這你就不懂了，甜食可是女人的生命，出去玩當然要把精神糧食帶足啊！」曉

春一副自視甚高雙手叉腰的模樣。

「妳有帶餅乾來呀？」

聽到甜食，站在一旁的哲輝眼睛都亮了起來。

「你幹什麼！甜食是我們女孩子的！走開啦！」圓圓看到哲輝靠近，馬上抱著曉春背上的包包，深怕被人搶走。

「圓圓乖！別那麼小氣，反正我有很多。」

曉春摸著圓圓的頭，挑眉的向兩個男生看去：「想分一杯羹，就要有禮貌的叫我一聲『曉春姊姊』才行！」

「曉春姊姊！」哲輝馬上陣前倒戈到女生陣營去了。

「哲輝，你這傢伙也太現實了吧……」邑瑋驚訝的說。

「怎樣啊？叫我一聲『姊姊』沒這麼困難吧？」曉春說完，已經從包包裡拿出一條「七七乳加巧克力」擺在眼前晃著。

「妳、妳這醜八怪太卑鄙了！」邑瑋咬牙苦撐著，因為眼前的惡魔已經將豐富的

交易內容擺到眼前。

「哈哈哈——這哪有什麼卑鄙不卑鄙的，怎樣？」曉春沉著臉心想著要如何整整這個口無遮攔的小鬼頭。

「你們還沒有走啊？」麗美從轉角走了出來。

「當然啊！我們在等某個人改變心意啊！」曉春俏皮的撥撥頭髮。

「我不會跟你們出去的。我來這裡只是提醒妳注意安全，別讓他們受傷了。」麗美靠在牆壁上，冷冷的說。

「咦？麗美姊姊沒有要跟我們一起去嗎？」圓圓有些失望的說。

「嘿！麗美，妳在搞什麼啊？就一起去好了啊！不然妳一個人留在這裡又會被園長叫去做這個、做那個的……」

邑瑋聽到麗美沒有要隨行的意思，有些猶豫不決。

「哎呀！你們就別擔心了，膽小鬼沒跟來我還樂得輕鬆耶！」曉春在一旁加油添醋的說。

「誰是膽小鬼！」麗美不服氣的回應著。

「好了，別理她了！我們出發吧！走，你們所說的祕密通道在哪裡啊？」曉春故意提高音量，開始往大門口巡視著。

「我跟妳說過了，我絕對不是害怕！」麗美看到曉春毫不在意的神情，固執的情緒已經中了她所設下的圈套。

「這裡、這裡。」

圓圓撥開一處草叢，裡面出現一條深不見底的陰暗通道。

「麗美，走啦……」哲輝走上前握著麗美的手。

邑瑋看到哲輝隨意就牽起麗美的手，不由得火氣衝了上來說：「哲輝！麗美要不要跟我們走，不關你的事吧？你還不快點帶醜八怪先走！」

「喔……」

邑瑋一兇起來，哲輝也只好摸摸鼻子照辦了。

曉春在一旁看到這一幕，噗嗤的笑了出來。

「走吧！醜八怪。」哲輝準備先當急先鋒。

曉春聽到哲輝已經被邑瑋的口頭禪洗腦，有些不悅的敲了一下哲輝的頭說：「叫我姊姊！」

「喔——」哲輝痛得叫了一聲說：「好啦……曉春姊姊你們就跟著我走吧！」

「快點、快點！」看著哲輝和圓圓消失在通道裡面，曉春催促著真倫和邑瑋。

「醜八怪，妳先走啦！」邑瑋不斷轉頭看著麗美。

「什麼我先走！我穿裙子耶！所以你要走前面！」曉春走上前推著邑瑋。

「妳們女生很奇怪耶！那麼喜歡穿裙子幹嘛？」邑瑋抱怨著，但是眼角餘光還是非常注意著麗美的動作。

看著邑瑋也消失在通道裡面，曉春頭也不回的說了一句：「既然害怕的話，就不要跟過來了。」

「誰害……」

麗美正要回話的時候，曉春已經鑽進通道裡面了。

看著周圍一陣怪風吹著麗美，她身體打了一個冷顫說：「我才不是害怕才跟著妳的！」

一說完，麗美也跟了進去。

※※※

眼前這個不起眼的通道，似乎跟狗洞差不多，全程都要用爬的爬出去。透過照進來的微弱光線，其實在裡面還是看得到一些昆蟲生物在活動著。

一群螞蟻在搬運著一隻蟬的屍體。

小青蛙在潮濕的通道裡跳啊跳。

「哇——」曉春聽到身後有人不小心尖叫了出來。

「不是不想跟來嗎？」曉春故意停下來等麗美跟上來。

「我、我是為了弟弟妹妹的安全著想才過來的，請妳別會錯意！」

「嘿嘿——」曉春用臥趴的姿勢向麗美做了一個鬼臉。

麗美皺著眉頭，使力的推著曉春的臀部說：「妳這個姿勢很醜耶！趕快前進啦！」

「哈哈！第一次搞得那麼髒吧？」曉春邊爬邊問著。

「……幸好今天是穿著黑襯衫、黑裙子。」麗美鬆了一口氣。

爬了一陣子，前方的光線越來越刺眼，大概已經到了出口。

「唔哇——」曉春用吃奶的力氣爬了出來。

「醜八怪，妳幹什麼啊！」看著曉春整個人趴在出口處，邑瑋用嘲笑的語氣問著。

「我這塊頭爬這種小孩子的坑洞很吃力耶！再加上我身上的背包，你不知道什麼叫做辛苦嗎？」曉春喘氣著。

這時候曉春的腳被後方的麗美拉著。

「啊！忘記我後面還有個麗美……嘿咻！」曉春坐起身子，拖著被麗美抓住的右

腳，收了回來。

藉著曉春的腳，麗美精疲力盡的表情，狼狽的被拖了出來。

「麗美姊姊！」圓圓和真倫一同叫道。

渾身是泥巴的麗美，緩緩的起身，拍拍身上的泥巴，眼神有些埋怨的看著曉春。

「很久沒運動了吧？」曉春的手撥著麗美頭上的泥巴。

「這根本不是運動，只是自己虐待自己吧！」麗美無奈的搖搖頭。

「麗美，這個妳拿去用……」

邑瑋頭擺向一邊，伸手遞上一塊泛黃的手帕。

「不用了，我自己有。」麗美伸手從口袋裡拿出手帕來。

「麗美，我這裡有帶水壺，妳用這個洗臉吧！」哲輝從身上取下一個背帶型水壺遞給麗美。

「謝謝。」麗美接過水壺，用手勢叫來真倫和圓圓，開始做些簡單的清洗。

「你……」邑瑋瞪著哲輝。

看在曉春眼裡，當然不能放棄這個嘲笑邑瑋的機會。

「唉呀！真好……都有護花使者幫忙，哪像我……」曉春的語氣好像是深宮怨婦一樣。

看到曉春在一旁調侃自己，邑瑋只好假裝不在乎的說：「醜八怪，妳要用給妳用啦！」

「你這個擦鼻涕的手帕我才不想用呢！」曉春一臉嫌惡的說。

「可惡！妳這醜八怪是……」邑瑋聽到曉春故意似的針對他，正想破口大罵的時候被麗美制止了。

「我們不是來這裡吵架的吧！不是要到後山去？」麗美站起來，拍拍裙子上的灰塵。

「妳給我記住！」邑瑋氣急敗壞的往後山方向走去。

「哲輝，跟著邑瑋，免得他又做些傻事。」麗美看到邑瑋悻悻然獨自一人走進去，趕緊要哲輝跟上去。

「青春真好啊！難道這就是『愛』嗎？」曉春誇張的雙手合十讚嘆著。

「曉春姊姊，妳說的愛是什麼東西？」圓圓拉著曉春的裙擺問著。

「這種東西，等妳長大了就會知道了喔！」曉春眨眨眼。

「妳不要亂教圓圓這種東西！」麗美沒好氣的說。

「難道是邑瑋哥哥和哲輝哥哥喜歡麗美姊姊嗎？」真倫在一旁猜測著。

「啊……真倫、圓圓，我跟妳們講……」麗美驚覺事情處理不好會越弄越糟，趕緊把她們兩個孩子拉到一旁竊竊私語。

看著真倫和圓圓頓時眉開眼笑的跟著邑瑋他們的後方跑去，曉春很好奇麗美到底跟她們兩個天真的孩子說些什麼。

「真有妳的，輕輕鬆鬆就把她們打發掉了！」曉春佩服的模樣。

「妳不要沒事就找些麻煩給我好嗎？」麗美語氣有些無奈，她加快腳步跟著他們的身影。

曉春看著遠方微微傾斜的山坡，全身沒力似的說：「我最討厭爬山了……」

※※※

費了九牛二虎之力，曉春才登上他們口中的後山。

到了山頂，邑瑋他們已經開始玩樂了起來，抓蟬的抓蟬，摘花的摘花，沒人理會氣喘吁吁的曉春。

曉春找了一個平坦的草地躺了下來，擺出一個大字型的姿勢。

「這樣妳還喜歡來後山嗎？」麗美坐在她的身邊。

「假如沒有這座山的話，我會考慮一下……」

曉春吐著舌頭說：「但是這裡景色好漂亮喔！不愧是大自然的教室，我們都市根本找不到這種地方……」

「可能我們的立場不一樣吧……或許我的心裡，還是想去都市裡看一下那種繁華的景色，不然從那個人的身上，只能繪聲繪影的猜測著。」麗美的長髮隨風飄逸著。

「那個人？誰啊？是不是男生啊？嘻嘻！」曉春竊笑著。

「是一位讀大學的大姊姊，我很想念她。」麗美跟著躺了下來。

曉春看著麗美的側臉想著「佳佳姊姊到底是什麼魔力吸引著麗美，讓她這麼的掛心，尤其是那一封信……」

「吶！妳知道我們這個孤兒院有可能撐不到暑假完嗎？」麗美語氣中有些感慨。

「為什麼？」曉春驚訝的問著，因為佳佳姊姊根本沒提這件事啊！只叫曉春來這裡代替她照顧孩子們。

「記得我昨天跟妳提過的那位『江先生』吧？」麗美確認的語氣。

「他是？」

「當初孤兒院蓋在他的土地上，是因為當時地價不值錢的關係，現在土地增值了，他就想收回去把那裡改建成大樓。」麗美伸手在自己的眼前。

「可是他這樣做也沒錯吧……土地是他的，他要做什麼，我們沒辦法干涉啊！」

「妳這樣想也沒錯，只是太突然了……園長還沒有找到可以接納我們的新地方，

每天只能疲於奔命的拜訪所有政府機關、政治人物，但是效果實在有限，那些大人們眼中只有利益存在，拿不到好處的事情，他們絕對不會去碰的……」麗美似乎對外面的人們，充滿了不信任。

「你們有想辦法跟那位『江先生』溝通過嗎？」曉春問著。

「溝通過了，但是他依然要我們儘早搬出這裡，不然他要限期拆毀孤兒院。」

「怎麼這麼的霸道！太不講理了吧！」

「所以說這個世界上，最重要的東西，一定是錢吧！沒有任何一件東西是錢買不到的……我長大一定要當個有錢人……」麗美咬牙切齒的說著。

看來麗美因為孤兒院的事情，加上沒有經費讓她讀國中，不由得從心裡衍生出這種本末倒置的想法。

「我會證明給妳看的。」

曉春坐起身子說：「有些東西是用錢買不到的！所以……我打從心裡才不想當個身材肥滋滋的大老闆！我要做我自己想做的事情……」

曉春走上前抓著麗美的肩膀說：「連妳也放棄希望的話，妳底下的弟弟妹妹該怎麼辦，妳一定堅持下去！妳能做到嗎？」

麗美沉默了一會。

「可以，我做的到！」麗美燃起了鬥志。

真倫和圓圓做了許多花環走向她們身邊，但是看到曉春壓著麗美肩膀的樣子，好奇的問著：「曉春姊姊，妳們在說什麼悄悄話啊？」

「唔哇——」曉春看到自己的姿勢，由旁人看來，是一種不可思議的舉動，趕緊退到一旁傻笑著。

「曉春姊姊是要扶我起來，因為剛剛我的手麻掉了，坐不起來。」麗美隨便就找了一個理由蒙混過去。

「麗美姊姊，妳看！」圓圓手上做了四個花環。

「這是我跟圓圓所做的『天使圈圈』，我們一人一個吧！」真倫走上前把圓圓手上的花環分給了曉春和麗美。

四個人同時戴了上去。

「我們這樣像天使嗎？」麗美疑惑著，因為花環做得實在太花俏了。

「不像，根本蠢極了！」曉春回答完，四個人哈哈大笑了起來。

的確，真正的天使不是巧妙裝扮就會出現的產物，而是人們發自內心的善意，那才是真的天使。

07.
大地主

「哈哈——」

曉春等人在回程的時候充滿了歡笑，卻不知道園裡已經充滿了危機。

「咦……你們看！他們都在集合場那裡耶！」哲輝看到園區的孩子們集合在一片空地上。

麗美看到這一幕，趕緊跑向那邊。

「麗美，等一下！」不管曉春怎麼叫喊，麗美頭也不回的奔向那裡。

麗美出於責任心使然，她鑽進人群裡面，想要瞭解大家發生了什麼事情。

「不好意思，借我過一下……」曉春跟在麗美後面。

曉春望著人群前方一位微胖的中年男子正在跟園長講話，但又不像是聊天，好像是在責罵的感覺。

「不好意思……」曉春又鑽進人群裡面，想要靠近一點聽到他們的談話。

「我說園長啊……昨天那個女孩又來跟我哭訴了，我看妳的孤兒院已經準備關門大吉了！」中年男子冷冷的說道。

「那位就是我所說的『江先生』。」不知何時麗美已經站在曉春的身旁。

「江先生，我想這中間一定有些誤會吧……我們園區的孩子絕對不會做出這種事情的……」范園長不停點頭附和著對方。

「我不管怎樣！既然有人向我投訴，我就覺得這家私人孤兒院有問題！不僅管理上有問題，孩童教育上也有問題！人家是來當義工的，竟然把一個好好的女孩子搞得神經兮兮的！妳這園長是怎麼當的？」江先生手指著范園長的鼻子不放。

「江先生，不好意思，我們會更加努力的教導孩子，畢竟孩子們是受過創傷的，所以才有些偏激的舉動……」范園長不斷的解釋著。

「妳不用跟我說那麼多！我今天來就是要跟你們這些野蠻人講……」江先生手比著「二」這個手勢說：「兩個禮拜，我要你們兩個禮拜給我滾出這裡！不然到時候挖土機就是直接開道進來！」

麗美嚥不下這口氣，衝上前找江先生理論：「你少用那位大姊姊的事情來借題發揮！」

「喂喂！范園長……我發現你們不止教育有問題，連孩子的穿著都這麼隨便啊！」江先生指著麗美身上乾掉的泥巴渣。

「我們孩子一向對自己的穿著非常嚴謹的……一定是因為今天發生了什麼事情……哇！」范園長看到曉春、邑瑋、哲輝、真倫、圓圓，個個都是全身髒兮兮的，不由得低下頭感到無地自容。

「看吧！你們自己看看自己！」江先生隨便抓了一個孩子的衣服，好死不死抓著邑瑋的衣服說：「根本是個乞丐嘛！范園長！」

「是！」范園長不敢怠慢的回答。

「妳把外界的善心捐款用到那裡去了？難道是用來教育社會上的『新乞丐』嗎？」江先生臭嘴吐不出怎麼好話，只是不斷的踐踏孩子們的童心，卻不知道每年的捐款根本填不飽肚子。

「你說什麼東西！死禿驢！」邑瑋聽不下江先生的謾罵，心直口快的罵出范園長最害怕的一句話。

「禿……竟然罵我！好！范園長，妳看到了嗎？這就是妳教育出來的孩子！」江先生氣急敗壞的找范園長出氣。

「是、是……」范園長的頭低到快要撞到地上。

「還有，妳上次跟我說有位聰明的小孩要我資助她上國中，是哪位？我看裡面沒有一個像樣的孩子！」江先生大喊著。

「那個……」范園長原本要把引以為傲的麗美點出來，但是看到她現在的模樣，根本是自取其辱。

「是哪位叫做張麗美的小孩，給我站出來，我倒想看看這個孤兒院是能養出哪位高材生？」江先生用訕笑的臉龐喊著。

「我就是！」麗美固執的個性，逼她不得不出來面對。

江先生轉頭看著剛剛站出來教訓他的女孩，開始狂笑。

「哇哈哈——范園長，這個全身都爛泥巴的女孩就是你們的高材生？我看只有臉蛋漂亮外，從頭到腳我一點都看不出來哪裡有文學氣息，這個孩子妳竟然還厚臉皮跟

我薦報要善款讓她讀國中？門都沒有！」江先生笑得更肆無忌憚。

聽到范園長曾經向江先生低頭要錢來幫助自己讀國中的麗美，這時候不敢抬起頭看園長，因為她覺得讓園長丟臉極了。

「一個禮拜後你們就準備滾出這裡！」江先生大喊著。

在場的幾個孩子看到這個畫面，都哭了出來，連他們最信任、最尊敬的麗美姊姊也被批評得一無是處。

「站住……」一個身影攔住了準備離去的江先生。

「嗯？」江先生慵懶的轉過身說：「妳是誰？這裡的老師嗎？我想不是吧！妳是義工？」

「我是誰不重要！我要你跟全園區的孩子道歉！」曉春兇狠的瞪著江先生。

「道歉？哼！跟這幾個臭要飯低頭認錯？」江先生臭嘴口無遮攔，開口就是辱罵。

「不許你罵孩子們！你這個自以為是的有錢人！」

「那妳又有什麼資格說我？妳老爸是那家上市公司的董事長嗎？大老闆？總裁？我看是一間小公司的員工而已！」江先生質問著曉春。

「是又如何，你以為有錢就可以隨便傷害任何人嗎？」曉春說。

「是啊！我有錢可以隨時隨地要你們滾蛋！我有錢可以讓這裡夷為平地！都是我有錢！如何？妳辦得到嗎？沒有辦法就給我像范園長一樣乖乖閉上嘴巴，等著我們施捨，懂嗎？」江先生的口氣毫不在乎。

「你能把這裡夷為平地就來試試看！」曉春因為氣憤，呼吸非常急促的大喊著：「天使孤兒院就由我們來守護！」

「就憑你們？」江先生沒有多加理會，直接上了一台黑頭車駛離這裡。

一瞬間，園區裡面只剩下輕輕的哭泣聲，沒有人說話。

「好了、好了，請老師們先帶孩子回教室去吧……」原本愁容滿面的范園長，深吸了一口氣，拍著手要老師們帶著孩子回到教室裡去。

「對不起……對不起……對不起……」正當大家準備離開的時候，麗美已經哭成

淚人兒，不斷的喊著。

曉春知道麗美此刻的心情，只能遠遠的看著她。

「嗚……嗚……」看著麗美哽咽的神情，許多孩子也跟著哭出來了。

十幾個孩子同時哭的聲音，真的很可怕，但是可怕的不是噪音，而是數不清的遺憾。

范園長走上前，原以為園長要為麗美今天的不懂事教訓她，結果超出預料的緊緊抱住了麗美說：「妳沒有錯……今天的妳棒極了，我們活著就是要有一點尊嚴，為了生活向人低聲下氣，一直以來我都是這樣教育你們的，但是今天我卻感受到你們自豪的自尊心發揮出來……」

「嗚——」麗美哭得更大聲。

曉春也不爭氣的流下了眼淚。

因為她終於知道佳佳姊姊在為什麼事情煩惱，直到自己也身歷其境才知道這種無力感的痛苦。

08.
愁雲慘霧

「你們早……」曉春在餐廳遇到剛吃完飯的邑瑋，向他打了一聲招呼，只是邑瑋低著頭，始終不敢抬起來，可能認為他自己是這件事情的導火線，自責不已。

「曉春姊姊早……」真倫也是無精打采的經過曉春身邊。

好幾天了，大家都在這種低氣壓的狀態下生活著。

曉春今天沒有坐在麗美的前面，因為就算坐了過去，麗美也沉默不語，反而讓多話的曉春無所適從。

「園長早。」曉春坐在園長身邊。

「啊！曉春，妳早啊！」范園長的眼睛周圍多了一層黑眼圈，眼睛還佈滿了血絲，一副就是睡眠不足的模樣。

「哇——今天吃刈包耶……好久沒吃到五花肉了。」曉春每天企圖用她的樂天去感化其他孩子，但是效果一直沒有達到，反而大家更加的沉默了。

「曉春啊……今天可能又要麻煩妳，幫我多多留心這幾位孩子，尤其是麗美的狀況，我怕她做出傻事來……」園長神色凝重的說。

有。

「沒問題，這個包在我的身上。」雖然曉春這樣講，但是心裡卻是一點辦法也沒有。

用完餐後，曉春帶著他們到一間廢棄的教室。

「隨便找地方坐吧……」曉春伸手示意他們各自散開。

邑瑋找了台階直接坐了下來，不斷的玩著手指。

真倫則是找了一張都是灰塵的椅子，拍了拍坐了下來。

麗美靠在牆壁上，叉手在胸前。

哲輝蹲在麗美旁邊，眼神望著窗外的落葉。

圓圓則是靜靜的看著飛進屋裡的蝴蝶飛來飛去。

唯一的共同點，就是大家都是心事重重的樣子。

「喂！都是我的錯……拜託你們說點什麼好嗎！罵我也行，打我我也不還手！都隨你們……」邑瑋停止玩手指的動作，開口說著。

沒有人有多餘的動作，還是跟剛才一樣。

美。

「是我罵他死禿驢才會這樣的！都是我造成的……」邑瑋用自責的神情望著麗美。

「是我才對……」麗美小聲的說著：「我不該在那種場面跳出來逞強才對……我明明知道江先生是一個愛面子的人，為什麼我卻要讓他當場沒了面子……」

「碰！」一陣拍打桌子的聲響。

「才不是你們兩個人的錯！」曉春低著頭咬牙切齒的說：「是我不應該要任性帶你們去後山……害你們弄得全身髒兮兮的被人鄙視……」

「根本不關你們的事，明明就是那個死禿驢找我麻煩，我卻嚥不下這口氣！」邑瑋大喊著，他的頭已經埋在兩腿之間。

「是我！我明明知道自己是孤兒院的中心人物，我竟然沒辦法管理好自己的生活，連做為園裡弟弟妹妹的榜樣都沒有……」麗美難過得蹲了下來。

哲輝走上前安慰著麗美。

「破壞妳堅持原則的人是我，是我李曉春啊！為什麼妳都不責備我？用我最熟悉的尖酸刻薄話語，來調侃我啊！」曉春走上前抓著麗美的手大喊著。

「麗美姊姊！請你們不要吵架了！最壞的人其實是我……明明是我出主意給曉春姊姊的……」坐在一旁的真倫已經哭了出來。

全部的人都尷尬得面面相覷。

「看到大家為了自己的事，都已經這麼難過了，現在爭誰錯得多，好像太自私了一點……」曉春摸著麗美的頭說。

「現在說什麼也不能改變現狀了，一個禮拜之後，大家該去哪裡、該住哪裡……搞不好每個人都會餓死在街頭……」麗美哽咽的說著，似乎擔心園裡所有的孩子。

「或許情況不會變得像妳想的那樣糟糕……」曉春使盡力氣抱起麗美。

就一個十二歲的女孩來講，麗美還算是瘦弱的孩子，但是曉春抱起麗美還是有些吃力，腳步搖搖晃晃的。

「妳……妳做什麼啊！快放我下來！」麗美顯得有些緊張害羞。

「我是想……既然妳都知道自己是園區裡的中心人物，那為什麼妳還要擺著一張

哭喪的臉，大家的情緒都受到妳的影響，所以請妳想清楚自己的立場吧！」曉春已經滿頭大汗的抬頭看著她。

「好……好、我知道了！妳快放我下來，很丟臉耶！」麗美求饒似的說著。

「不行……妳要笑一下，我才肯放妳走！」曉春想看麗美真正發自內心的微笑。

「我做不到……所以妳就繼續抱吧！」麗美一眼就看出曉春的神情已經快支持不住，怎麼可能讓她予取予求。

「太奸詐了！唔哇！好痛！」曉春力氣用盡，搖晃的倒了下來，麗美整個人壓在她的身上。

「喂！沒事吧！太亂來了……」邑瑋緊張得直冒冷汗。

「不過……這股壞情緒，我打算現在就把它扔到北極去了。所以，妳就放一百二十個心吧！從現在起，我已經是以前的麗美了。」麗美站了起來，伸手到曉春的眼前。

「真的？」曉春伸手拉住麗美。

「讓我們好好享受最後幾天的生活吧！」麗美說。

「嗯！」曉春打從心裡下定決心，要回去好好的請教佳佳姊姊。

※※※

曉春請了半天的假，回到佳佳住的醫院，就是要把當初她沒說的事情查個水落石出。

「咦！曉春，妳怎麼回來了？不是才去一個禮拜而已？」李佳佳看到曉春神色難看的走進病房裡，感到一絲的不安。

「姊！江先生的事情妳一定知道吧？」曉春行李都還來不及放下，劈頭就問。

「這個……」李佳佳欲言又止的模樣。

「妳知道江先生要我們兩個禮拜內離開孤兒院的事情嗎？」

「咦——不是月底嗎？」李佳佳聽到事情變得如此棘手，感到非常意外。

「難道范園長都沒有跟妳通電話了嗎？」曉春疑惑著。

「范園長一定又想自己擔下這個責任了……」李佳佳大概已經知道范園長的為人了。

「怎麼辦……到底怎麼辦……」曉春抓著佳佳的手腕。

「看來那個計劃要提前行動了……」李佳佳眼神銳利的看著桌子上的筆記型電腦。

「到底有什麼東西可以挽救這個局勢？要我做什麼我都願意去做！」曉春的眼神充滿懇求。

李佳佳對曉春的改變嚇了一跳，直說：「妳都沒有這麼死心塌地的為了姊姊過，這次竟然可以為了孤兒院的事情，這麼盡心盡力的……」

「姊……妳就別『虧』我了！」

「孤兒院的孩子很可愛吧？」李佳佳微笑著問。

「很可愛，他們每個人都很有個性，我都喜歡！為了繼續看到他們的笑容，我們

一定要想辦法！」曉春激動的說著。

「我當然有我的辦法啊……但是曉春妳呢？要幫助他們的話，卻老是藉著別人的力量，那不叫幫忙，而是借花獻佛而已。」李佳佳故意反問著曉春，希望她有所行動，而不是常常依賴別人。

「當然有！人際關係的部份，我沒有上大學的姊姊廣。但是，守護孤兒院的心情我是有的……」

「妳要如何守護？」李佳佳接著問。

「我要阻止江先生……不，我會阻止挖土機，不讓它們踏入我們孤兒院半步的！」曉春大喊著。

李佳佳被妹妹這種魯莽的衝動給嚇到了。

「姊姊！我會撐到妳想辦法來幫我們的！我一定會堅持到妳的出現！」曉春話剛說完，已經站起身準備搭車回孤兒院。

「吶……回去看爸爸媽媽一下吧！雖然妳每天都有打電話給他們，但是媽媽到來

醫院看我時，總是特別擔心妳……」

「嗯！我會的，姊妳就不用為我擔心了。我先走了喔！」曉春揮揮手，離開了病房。

看著急急忙忙的曉春，李佳佳心裡感到非常的溫暖，因為終於又多了一位可靠的幫手了。

李佳佳拿起桌上的筆記型電腦，點開了一個資料夾……

09.
接受

「叩叩——」園長室的門被敲了兩下。

「是誰？」范園長好奇的看著手中的錶，已經凌晨一點多了。

「是我，曉春。」

曉春開了門走進去。

「曉春，妳不是請一天假回家拿東西了嗎？怎麼這麼晚還趕回來？」范園長看著手錶有些擔心。

「沒關係，這次回去我請教了佳佳姊姊……她說她有辦法可以處理，不曉得園長知不知道是什麼辦法？」曉春問著。

「佳佳這孩子也沒有透露給我知道，只是她曾經跟我說過，有些內幕是可以影響到孤兒院的存亡，只是不知道是好事還是壞事……」

「這樣啊……」曉春咬著指甲胡亂想著。

「妳姊姊也沒有跟妳說明是什麼辦法嗎？」范園長反問著曉春。

曉春只是搖搖頭說：「姊姊的個性就是這樣，她不喜歡有人先知道她的計劃，從

以前就是這個樣子了……她說這個就叫做『欺敵之前要先欺瞞自己人』，才能讓這齣戲演得自然一些。」

「果然是她的作風。就像四年前她剛來的時候，就把麗美那最難收服的孩子，給馴服得服服貼貼。」范園長有感而發的說。

「這麼說來，姊姊用的手法還滿好對付麗美那小鬼的嘛！」曉春感到有些意外。

「她的手法其實跟妳很像啊！因為妳們兩個人都會從心理層面出發，而不是蠻幹。所謂擒賊先擒王，妳們兩個都是先取得麗美的信任，才會這麼順利的，不是嗎？」園長早就把曉春的一舉一動看得清清楚楚。

「咦？真的嗎？可是我根本沒有想這麼複雜，只是憑我的感覺去做自己該做的事情而已，麗美的事情我也沒有去強求啊……」

「曉春啊……」園長打斷曉春的話。

「啊？是……園長請說……」

「麗美在妳來的隔天曾經對我說過，她說從妳的身上，她看到佳佳姊姊的影子，

由此可知，妳已經慢慢取代掉麗美對佳佳的執著。」范園長把事情看得非常透澈。

范園長接著說：「再加上妳和麗美的年齡又那麼的接近，我想能成為麗美無話不談的朋友，就非妳莫屬了。」

「我們一定會成為好朋友的。」曉春肯定的說。

「帶著麗美走出那段陰影吧……」園長翻開抽屜，取出一包文件。

「那是……？」

「麗美受虐待的文件……」園長拿了一張出來，看了一下便說：「麗美那孩子命真的很苦。直到五歲我將她接過來孤兒院以前，每天都被她的親生父親痛打，身上的傷疤不是利刃劃傷的，不然就是用香菸燙傷的。」

「最可惡的是……麗美的爸爸曾經侵犯過她……」

「怎麼會有這種事情發生！」曉春聽不下去的痛罵著。

「但是，這的的確確是個事實，麗美的創傷是一輩子也抹不去的……」園長感慨的說著。

「她的爸爸現在在哪裡？我想狠狠的揍他一頓！」曉春握緊著拳頭。

「她的父親已經往生了，就在服牢獄期間……」

「這樣啊……」聽到那個禽獸不如的父親已經往生，曉春的心裡緩和了許多。

「我想時候也不早了，妳也早點休息吧！熬夜對身體不好喔！尤其是女孩子，這可是個大忌唷！」范園長拿了桌上的咖啡，喝了一口。

「嗯！園長也早點睡吧！晚安！」曉春起身開門，走了出去。

「晚安……曉春。」范園長從桌墊底下抽出了一張信件。

一封監獄寄來的，麗美爸爸出獄的通知單。

「有時候還是需要一句善意的謊言啊……」范園長拿了一旁的打火機，對著那封信點了火。

燃燒完的信件，剩下的灰燼，已經進到垃圾桶裡面了。

※※※

早上用餐的時候，外頭走來一位西裝筆挺的男人。

「你……你是江先生身旁的楊祕書吧？」范園長一眼就認出這位人物了。

「范女士，我看你們好像不打算搬離這裡的樣子喔！今天的狀況我會回報給江先生知道。」楊祕書毫不客氣的說著。

「我想兩個禮拜的時間有些倉促，能不能請楊祕書幫我們說句好話，不然我這邊目前還找不到安置這些孩子的地方……」范園長露出懇求的眼神。

「江先生已經說過了，兩個禮拜已經算是最大的人情了，而我今天來的目的就是要妳在這份文件上簽名。」

一份彈劾范園長的文件。

「這是……」范園長手持這份文件，雙手不斷顫抖著。

「請妳配合一點，趕快在當事人那一欄上簽上名字。」楊祕書的每句話，都像針刺一樣，深深的刺在范園長的胸前。

「我不會簽的！」范園長大喊著。

餐廳所有的學生都往園長的地方看去。

「你們不但黑白掛勾，賄賂政治人物，竟然連這種傷天害理的事情都做得出來……孤兒院是我和江先生的父親畢生的心血……若你們想從我手中拿走的話……」范園長的眼神充滿了覺悟。

「妳不簽沒關係，但是想想看妳的家人和這群小鬼頭會發生什麼樣的意外吧！」楊祕書狠狠的將那份文件摔在飯桌上，正要轉頭離去的時候，才發現他已經被園區的所有孩子團團圍住了。

「你、你們想幹嘛？」面對這麼多人，就算是小孩子，楊祕書還是非常的慌張。

「攻擊欺負園長的大壞蛋！」人群裡傳來一個熟悉的聲音。

頓時大家手上能扔的全部都往楊祕書身上扔了過去。

「給我記住！」楊祕書被大家轟了出去，只能膽小的放馬後炮。

大家都安靜的看著范園長。

「我們不怕危險的！」哲輝站了出來。

「他們敢踏進這裡一步，就要他們好看！」邑瑋站了出來。

「園長，妳說過我們一定要有尊嚴的，這種跟黑白兩道掛勾的惡勢力，我們更不能低頭認輸啊！」麗美站了出來。

「園長……」曉春走向范園長身邊。

「對不起……我很了解江先生的做事風格，我真的不能拖累你們……」范園長的眼淚已經流了滿面。

「不行！園長，妳這樣做大家也得不到任何救贖的！」曉春抓著范園長的肩膀。

「人沒活在這個世界上的話，有尊嚴也沒用吧！」范園長心意已決，毅然決然的在那份文件簽上名字。

直到那位已經滿頭包的楊祕書來取文件的時候，大家都陪著園長哭了一整天。

10.
計劃

大家都坐在餐廳裡面，不是哭就是發呆，因為范園長的情緒還是沒辦法平復下來。曉春這時候感覺到有人拉她的頭髮，回頭望著。

「麗美？」正當曉春要講話的時候，嘴巴被麗美摀住，拉著她往外頭走去。

「唔唔唔——」曉春示意著麗美鬆手。

「曉春，我們一定要做……」麗美邊走邊說著。

「我們到底要做什麼？」曉春好奇的問著。

「當然是要把園長簽的那份文件拿回來啊！」麗美瞪大眼睛的說。

「可是那份文件不是被楊祕書拿走了嗎？」

「妳很笨耶！我們把它偷回來就好了啊！」麗美說。

「偷？」曉春聽到這種字眼，有些反感。

「不是偷『竊』，而是偷『拿』回來，那些人沒這份文件以後，園長的彈劾不就不成立了？」

「這樣說也對……但是妳知道楊祕書會把文件拿去哪裡嗎？」曉春對楊祕書的去

處比較好奇。

「這妳就別擔心了，相關的事情我已經打聽好了，因為江先生洽公出遠門的緣故，今天這份文件還會原封不動的放在江先生辦公室裡頭。」麗美不知從什麼時候，就已經把事情打聽好了。

「所以我們的行動時間？」曉春的血液開始沸騰起來。

「午夜。」麗美說。

趁著半夜，曉春和麗美從祕密通道走了出去，因為她們知道走大門的話，一定會被園長給抓到。

「東西都有帶齊吧？」麗美要曉春確認一下身上的配備。

「手電筒、瑞士刀、一字起子、鐵細線、繩子、膠帶，拿這些東西有什麼意義啊？」曉春問著。

「到那裡妳就知道了！」麗美打開手電筒，開始往江先生的宅邸前進。

花了將近半個小時的路程，曉春看到眼前這座佔地好幾百坪的住宅，給嚇傻了。

麗美小心翼翼的東張西望，看到監視器的時候，麗美都叫曉春抬著她，在上面貼膠帶，企圖破壞掉警衛的偵查視線。

「這樣子警衛不會發現監視器的訊號沒了嗎？」曉春好奇的問著。

「這時候警衛們早就睡死了！才不會那麼認真值勤呢！」麗美才剛說完話，已經用一字起子和鐵線將大門給打開了。

兩人偷偷摸摸的走到屋子外。

麗美端詳著房屋的外觀。

「怎麼了？打不開嗎？」曉春企圖直接推開緊閉的玻璃窗。

「等一下，我們直接闖入江先生的辦公室就好了啊！」麗美開始沿著屋子外走動。

「就是這裡了！」麗美指著一間裡面有單人沙發椅的小房間。

麗美拿著瑞士刀往窗戶的間隙輕輕一抬……

「咔啦——」窗戶就這麼簡單的被打開來了。

曉春笨拙的爬了進去，伸手拉著窗外的麗美進屋子裡面。

「戒備沒有想像中的嚴嘛？」曉春攤著手說。

「這代表吝嗇的人，往往就是不捨得花大錢才讓人有機可乘。」麗美冷冷的說。

「我找一下這裡的保密櫃，妳去找那一頭的置物櫃。」曉春打開了手電筒，開始搜索著。

裡面千百種文件，卻沒有一封署名范園長的。

「咚、咚。」抽屜撞擊鎖槽的聲音。

「麗美怎麼辦？這個櫃子有上鎖……」曉春向一旁的麗美求救。

「嗯……」麗美走上前，翻著桌墊下的東西。

果然桌墊底下一堆密碼紙條和鑰匙。

「麗美……妳真的很厲害耶……」曉春深感佩服。

「曉春，關燈！」麗美小聲的急喊。

曉春趕緊按下手電筒的按鈕。

「怎麼了？」曉春小聲的問著。

「我剛剛好像看到一道不屬於我們手電筒的燈光。」

「會不會是妳看錯？我沒聽到外面有什麼動靜啊！」曉春伸長耳朵往窗外聆聽著。

於是兩人打開了手電筒繼續尋找著。

「可能吧……喏！試試這一張紙條所寫的密碼。」麗美遞過一張小紙條給曉春。

「啪噠——」櫃子的開關打開來了。

「呼……」曉春不由得讚嘆起麗美。

裡面許多文件，曉春快速的翻了幾件。

「陳小姐……王先生……湯先生……范小姐……有了！」曉春喊著。

「就是這個了！」麗美走上前確認這份文件。

「唔……」曉春望著辦公室的大門，底下傳來微弱的光線。

曉春剛比完手勢，辦公室的門就被推開來了。

「不准動！」兩個警衛看到曉春站在江先生的辦公桌前面，趕緊衝了進去。

曉春示意要麗美躲好，因為警衛只看到她而已。

「不要跑！」警衛大喊著。

曉春巧妙的閃躲著兩個男人的追捕，往門外竄了出去。正當兩個警衛追著曉春的時候，麗美因為太過緊張，手電筒竟然從手裡脫手而出。

「碰——」手電筒掉到地上的聲音。

曉春氣喘吁吁的躲在屋外的階梯下，心想著麗美到底逃走了沒有。

突然遠方傳來警衛的聲音：「小偷！妳的同黨已經被我們抓到了，勸妳趕快出來自首！」

「不要理他們——」遠方傳來麗美淒厲的叫聲。

曉春按著額頭，用頭痛欲裂的神情想了一會，便舉著雙手走了出來。

當兩個警衛拿著手電筒照到她的眼睛，曉春才開始想後果到底是什麼。

「江先生說得果然沒錯，早就猜到你們這群小鬼會來偷東西了！」楊祕書從兩個警衛身後走出來。

「放手！給我放手！」麗美被兩個警衛連拖帶拉到曉春面前。

「說吧！我該怎樣料理你們？」楊祕書奸笑的臉貼近曉春，他搶走曉春手上的文件。

「楊先生，我打電話叫警察來。」一個警衛把曉春丟給了他的同事，準備往警衛室走去。

「誰叫你自作主張了！」楊祕書狠狠的瞪著那個警衛說：「給我綁起來！」

「綁、綁起來？楊先生……她們還只是孩子耶！」警衛感到驚訝的說。

「叫你做就做！你是領誰的薪水啊？」楊祕書不耐煩的說。

「可是……」另一個大個子的警衛頗有微詞。

「給我扣押住就對了！明天江先生回來就會處理！你們擔心個什麼勁啊！」

「這是犯法的耶……」大個子的警衛說。

「那你還想不想要這份工作？」楊祕書狠狠撂下這句話，轉身走回辦公室裡頭。

「妹妹……這是我們的工作，別為難我們，乖乖的配合一個晚上就好了。」警衛

說著。

曉春沒有回話，只是看著一旁的麗美。

兩人被一條童軍繩綁在警衛休息室的桌角旁。

麗美有些疲憊的躺在桌腳上，閉目養神。

「麗美……」曉春兩眼無神的望著值班室的門窗外說。

「嗯……」麗美有氣無力的回答。

「我們會怎麼樣啊？」曉春問著。

「不知道……我也很害怕……但是我們能做的也只有等待而已。」麗美縮著腳，把膝蓋當成了枕頭。

「這條繩子我們可以輕而易舉的解開吧？」曉春拉著鬆垮垮的繩子說。

「別白費力氣了……妳剛剛沒聽那兩個警衛說的話嗎？」麗美淡淡的說：「他們也是迫於無奈才麼做的，所以能做到的事情就是盡量把繩子弄鬆一點，讓我們不要這麼難受，但是要我們不要去想逃跑的事情……」

「喔……」曉春乖乖的躺回桌腳上說：「既然不把我們交給警察，到底要對我們做什麼……」

「我想絕對不會是好事情的。」麗美用肯定的語氣說著。

「麗美……」曉春挪了一下位置，靠近麗美身邊。

「怎麼了？」

「靠在一起比較溫暖。」曉春微笑的說。

「妳該不會在跟我撒嬌吧？」麗美一副不可置信的模樣。

曉春沒講什麼，只是把頭倒在麗美的肩膀上。

對於曉春的舉動，麗美覺得心裡有種踏實的依靠，感覺心裡就是暖暖的，這就是所謂真誠的友情吧！

11.
反擊

一大早小小的村落裡，已經聚集了許多鄉民，大家都被江先生的宣傳車給吸引了過來。

因為宣傳車的關係，小小的孤兒院門口站滿了村裡的民眾，大家都好奇的望著裡面。

「嘿！你們有聽到嗎？一大早就有人開廣播車在那裡吵吵鬧鬧的，說鎮上有件大事要宣佈耶！」一個中年歐吉桑問著一旁的婦女們。

「是啊！才幾點鐘而已，就在那裡吵人安寧，待會那個主持人出來，我一定要好好臭罵他一頓！」婦人們憤怒的說著。

孤兒院的許多孩子因為外頭的爭吵聲浪太大，大家早已經顧不得晨間打掃了，一窩蜂的往門口跑去。

「哎！請問你們有什麼事情嗎？」有幾位老師看到門口聚集一堆人，感到有些慌張。

「哇！好多人喔！他們要幹嘛啊？」邑瑋淘氣的問身旁的哲輝。

「不知道耶……人好多，好可怕喔……」哲輝原本站在大門旁，不自覺的退了好幾步。

「哲輝哥哥，你們有看到曉春姊姊和麗美姊姊嗎？」真倫在人群裡面不斷墊起腳尖東張西望著。

「她們兩個還沒起床喔？那個醜八怪也就算了，竟然連麗美也會睡過頭，這可是大笑話啊！」邑瑋搞不清楚狀況的回答。

「可是我起來的時候就沒有看到曉春姊姊和麗美姊姊了……」真倫有些手足無措的說著。

「晚上也沒看到人嗎？」哲輝緊張的問著。

「睡覺前還有看到呀……」真倫抓著邑瑋的手說：「我找遍了整個園裡，都沒看到曉春姊姊、麗美姊姊……」

「那個醜八怪到底帶著麗美去哪了……可惡！」邑瑋咬牙切齒的說。

「你們看！」哲輝指著大門人群外，有輛熟悉的黑頭車開過來。

「叭——叭——」豪華的黑色賓士按著喇叭，彷彿催促著人群滾到一旁去。

「誰啊！搞什麼東西！」人群裡面有人不悅的喊著。

「也不看看我們一群人站在這裡不好移動，偏偏要往這裡開來！」

「裡面坐的人是誰啊！」

孤兒院外的人們每個人都是七嘴八舌的評論著，黑頭車裡面是不是坐著一位大有來頭的人。這個畫面就好像沙丁魚似的，突然有條大鯨魚經過，大家都往外面擠了一條通道出來。

「別推啦！」人群裡有人不高興的說。

但是黑頭車還是筆直的往「天使孤兒院」裡面開過去，直接停在園區的大門外。

「怎麼回事？」范園長從人群中走了出來，問著一旁的義工老師。

「好像是全部的村民都聚集過來了……」義工老師茫然的說著。

「怎麼會這樣呢？麗美——趕快把孩子們帶回教室去！」范園長叫喊著麗美的名字。

「麗美——」但是怎麼呼喊，麗美就是沒有現身。

這時候門外的黑頭車的車門打開了，司機下了車直接往後車廂走去，從裡面搬了一個大木箱出來。

楊祕書這時候也從副駕駛座走了出來，打開後座的車門，恭恭敬敬的讓裡面的人走出來。

一個肥胖的身軀跨出車門，望了望四周的人們。

「是江先生耶！」幾個村民都認得他。

江先生對著大門內的范園長笑了笑，那種臉就像是嘲笑一樣。

「好噁心的臉喔！」真倫看著江先生的臉，擺出快要吐的樣子。

「真想往他臉上揍幾拳！」邑瑋拳頭握緊緊的。

此時楊祕書又往後座裡面探頭進去，似乎在拖拉著什麼東西。

「很痛耶！小力一點行不行呀！」曉春從車子裡走了出來，兩手捆著繩子。

「曉春姊姊！」不知何時，圓圓已經站在真倫的旁邊了。

「那個醜八怪怎麼跟那個禿頭在一起啊！」邑瑋大叫著。

「等一下……」哲輝好像看到什麼似的，蹲低身體往黑頭車的後座看去。

曉春被楊祕書拉了出來，隨後又從裡面將麗美拖了出來，兩個人身上都被捆上繩子，限制行動。

「麗美姊姊！」孤兒院的孩子們都驚呼著。

「搞什麼東西啊！幹嘛把小孩子綁住！」村民憤怒的情緒已經快隨一早擾人清夢的宣傳車，一口氣的爆發出來了。

江先生沒有回應，只是走向司機準備好的木箱上面。

「麗美……」范園長的心，已經七上八下的急促跳著。

楊祕書貼心的遞上擴音器給江先生。

「咳、咳。」江先生乾咳了幾聲，拿起手中的擴音器說：「各位鄉親父老、大哥大姊們，你們早啊！」

「早個頭啊！七早八早就擾人清夢，搞什麼東西啊！」村民中有人破口大罵著。

「對啊！今天不給我們一個交待，待會看你的黑頭車開不開得出去！」一個年邁的阿伯大罵著。

江先生睥睨了一下人群，接著說：「今天到這裡，是有件事要跟大家說明……」

江先生用手勢向楊祕書示意，要他把曉春和麗美帶到前面來。

「昨天呢……」江先生說話的語氣故意放得很慢，似乎有點釣大家的胃口。

麗美憔悴的神情低著頭，不敢面對大家。

而曉春則是活力十足的暴動大喊著：「他們都不給我吃早餐！我肚子餓死了！」

「喂……我們還是裝做不認識她好了……」邑瑋對著身旁的哲輝說。

曉春的眼神掃射到大門內站在前排的他們，大叫：「邑瑋！你們有沒有留我跟麗美的飯菜呀！我快餓死了！」

「還、還沒到吃飯時間啦！大笨蛋！」邑瑋丟臉的紅著臉大叫。

「妳這小鬼給我閉嘴！沒看到江先生在說話嗎？」楊祕書揪著曉春的頭髮說。

江先生斜眼瞪著曉春，直到楊祕書制止了她，才又拿起擴音器說：「昨天我的辦

公室發生了一起竊盜案……」

「竊盜案關我們什麼事？那以後你家裡的母狗生小狗的時候，也要順便叫我們起床集合在這裡嗎？」人群裡面傳來大罵的聲音。

「對啊！對啊！」人群中開始鼓噪起來。

「麻煩你們安靜點，聽江先生講完好嗎？」楊祕書走上前安撫村民的情緒。

大家才又安靜了下來，但是卻有種按捺不住的衝動湧上心頭。

江先生說：「而我們逮到兩個鼠賊，竟然是兩個小女孩！」

江先生食指指著曉春和麗美。

「誰是小女孩！我已經十六歲了耶！」曉春不甘示弱的說。

「而這兩個小女孩竟然是來自你們耳熟能詳的地方——『天使孤兒院』！」江先生不理會曉春，繼續說著。

底下的村民們一陣嘩然，大家都在交頭接耳的討論著。

「我們才不是小偷！」曉春對著人群大喊著：「我們只是要拿回屬於我們自己的

東西！」

每個村民都住了嘴，轉頭望著曉春，好奇的等著曉春的解釋。

「我們只是要把范園長的……唔——」曉春話還沒說完，嘴已經被楊祕書拿膠帶貼了起來。

「總算安靜多了。」楊祕書奸笑的看著江先生，比出「ＯＫ」的手勢。

「喂！你們幹嘛封住女孩的嘴巴，讓她繼續說啊！」底下的婆婆媽媽已經暴動起來了。

場面已經一觸即發了，楊祕書嚇得退後好幾步，江先生卻還是老神在在的樣子，看起來商場的歷練果然不是蓋的，大場面見多了，反而不在乎這些小蝦米。

「小偷的話沒什麼可信度。」江先生冷冷的說：「接下來才是我要講的重點，咳咳。」

「孤兒院從興建起，已經存在這個村四十幾年了，從我爸爸交給我的時候我就在想，現在社會景氣已經算不錯了，被遺棄的孩童也越來越少，相對的，裡面閒置的廢

教室也越來越多，孩子的品性良莠不齊，竟然還出了小偷！」江先生以訕笑的臉望著曉春，似乎是衝著她來的，江先生擺出的臉就像是『知道得罪我的下場吧』那種感覺。

「……」麗美沉著臉，悶不吭聲。

「唔、啊、唔唔……」曉春被封住的嘴巴想表達什麼，卻無能為力。

「我非常質疑孤兒院的教育方式以及它的存在價值！所以我只好忍痛的對大家還有我過世的父親說……」江先生說著說著，從口袋裡拿出手帕，摘下他的眼鏡，慢慢的擦拭眼睛。

但是看在曉春眼裡，江先生根本沒有真哭，他只是做做樣子，看到他的嘴臉在手帕下笑得多麼肆無忌憚，曉春發怒的掙扎著。

一會，江先生戴上眼鏡繼續說：「我非常痛心孤兒院已經變了質，它已經不像以前那樣培育出許多優等生了，取而代之的是，它根本是製造社會的動亂，扒手、遊民、暴力滋事者，搞不好都是這間孤兒院教育出來的，所以我只好下定決心收回這間

11 反擊

孤兒院的土地了……」

「小孩子難免會走錯路嘛！但是你卻說整個孤兒院出來的都是這種人，我們實在無法接受……」一位老婆婆走到江先生跟前。

「我就是這間孤兒院出來的孩子！我現在不僅擁有最幸福的家庭生活，也有健全的孩子在陪伴我。江先生，你這種話我們不能苟同！」一位年輕的少婦走了出來。

「江先生，你的父親當初建立孤兒院的心情你懂嗎？你父親曾經也是個孤兒，所以他將心比心建造一間大房子給這些被遺棄的孩子們居住，但是你卻要拆除它？」一位年過半百的老先生也站了出來。

「現在孤兒院經費不足，已經是大家眾所皆知的事了，平常我們村民都會載著自己種植的蔬果給園裡面的小孩吃，因為大家都關心這些孩子，想辦法讓這種情況不會再發生下去。我們是要給這些孩子們希望才是，為什麼江先生你要剝奪他們生存的權力？」一個年輕的爸爸站了出來。

大家都站了出來，每個人跨出的那一步，足以震撼大地。

「看來我們沒什麼好說的，想說這裡改建過後，得到的利益要和你們分享……」江先生裝出一副很可惜的模樣。

「誰稀罕啊！」

「對！我們絕對是站在孤兒院這邊的！」人群們說著。

曉春用感動的眼神望著這些「鄰居」們。

「那好吧！我們就只能用公權力來管管你們這些腦袋有問題的人們！」江先生話才剛說完，遠方就有警車行駛過來了。

「怎麼會有警車？是誰報警了？」村民問著。

「不好意思，各位，是我報警了，因為這兩個小偷終究要交給警察們去處理。」楊祕書站了出來說。

「開什麼玩笑啊！她們還只是個孩子耶！」人群中有人大罵著。

「江先生，你集合大家不就是要我們決定孩子的處罰嗎？為什麼又要叫警察來？」范園長心急的喊著。

「我有說要放過這些小孩嗎？」江先生的臉不再偽裝了，換成了那副黑心商人的嘴臉，說完便快步的和楊祕書往黑頭車裡躲去。

「不可理喻！」人群有人冒出這一句後，大家前仆後繼的往江先生那台車圍了過去，不斷搖晃著車體，要江先生下車說清楚講明白。

「哲輝，幫我開門！」邑瑋見情況危急，趕緊帶著哲輝往大門跑去。

「你要幹嘛啊？」哲輝不解的問著。

「當然先幫那個醜八怪和麗美鬆開繩子啊！」

孤兒院外的畫面只能用兩個字形容，就是「混亂」而已。

「老師們，麻煩你們先將孩子帶到教室裡去。」范園長趕緊跟在邑瑋他們身後。

「沒事吧！麗美？」邑瑋邊解著麗美手上的繩子邊問。

「麗美……」范園長紅著眼眶看著麗美。

「唔哇──好痛啊！臭小鬼你是不會撕小力一點喔！」曉春兩眼充滿了淚水怒視著哲輝對她做的粗魯行動。

「好啦、好啦……」哲輝有些心不甘情不願的拆著曉春手中的繩子說。

「麗美！我們先逃走吧！」曉春看場面那麼混亂，趁著警察被擋在人群外面這個好時機。

「……」麗美沒說話，只是不斷的搖頭。

「曉春，這事情交給范園長就好了，你們真的沒必要逃啊！」范園長拍拍曉春的肩膀。

正當范園長要走向警察那裡的時候，麗美全身顫抖著，那種發抖卻不是害怕衍生出來的，而是憤怒，曉春的手如此的感覺著。

麗美抬起頭，對著人群大喊著：「請你們不要再吵了——」

一些人們頓時安靜下來了。

「麻煩你們安靜的聽我說一下——」麗美又大喊了一聲。

這時候人們都安靜下來了，大家都屏氣凝神的望著麗美，想聽聽這個小女孩想說些什麼。

12.
悲傷的天使

……
是我……
犯下竊盜罪的人是我，不關曉春姊姊的事情，
她只是去阻止我而已……

破壞的東西、偷竊的刑責都是我該負責的，不關孤兒院弟弟妹妹的事情，
他們都很乖巧，一直以來都很聽話……
所以，拜託你們叔叔、阿姨們，假如家裡經濟情況許可，能不能幫我們收留幾位年幼的孩子……
別讓他們沒有地方可住……
求求你們……這裡就快拆除了，我真的想不出辦法了……
雖然我知道我們孤兒院已經讓大家幫助很多了，但是能不能再讓我任性一次，好嗎？
……

阿三，你看看那個女孩已經承認她犯下的事情了，趕快去抓她啊！
什麼？
你還有臉在這說話嗎？
你在做什麼！還不快把車窗搖上來！
對、對不起
各位！
這裡的事情交給我們警察處理就好，麻煩你們可以解散了，
不然你們聚集在私人土地上，這樣算是違法的。

「喂！阿三，我們都在同一個村認識五、六年了，你怎麼可以說這種話呢？大家是因為江先生有事情說要宣布才來的，結果講的事情不合大家的胃口，所以現在翻臉叫你們來趕我們回去的，是不是？」一位中年男子一副熟絡的樣子說。

「阿三是你叫的嗎？你們再不走，別怪我開個妨害公務的罪名給你，懂嗎？」警察阿三不顧情面的說。

「搞什麼嘛！」很多人看到這種情況，也只能摸摸鼻子走回家裡去。人潮聚得很快，散得也快，沒多久孤兒院門外只剩下零星的幾個婦人躲在一旁交頭接耳著。

警察阿三走近了江先生的黑頭車，讓副駕駛座的楊祕書搖下車窗，他們鬼鬼祟祟的講話，眼神不自覺的往曉春和麗美身上打量著。

「我覺得他們是一夥的……」哲輝小聲的說。

「別亂講話！我去跟他們談一下，曉春這些孩子就麻煩妳了。」范園長說完就往阿三警察那裡走去。

「阿三哥，不好意思，那個……我們家的孩子犯了一些錯……」范園長鞠躬哈腰

的說著。

「什麼叫小錯而已！錯很大了，妳知不知道？就算我們認識了好幾年，也不能隨便結案，我現在幫妳問問江先生要如何處理，假如江先生堅持要提告的話，那個承認犯行的女孩我們要請少年隊帶回去。」警察阿三嚴肅的說著。

「不要！拜託你們不要抓麗美，麗美年紀還那麼小，而且我是她的監護人，有事情找我我就可以了！」

「范園長啊……」江先生的聲音從後座傳了過來，似乎是語重心長的說：「當初妳聽我的話早點離開不就好了？現在搞成這樣，我都快看不下去，別說是孩子，連妳自己都快保不住了，哈哈——」

「是、是。」范園長為了孩子的生存，就算是江先生的冷嘲熱諷都往肚子裡面吞。

「孩子的去處我已經幫妳想好了。」江先生說。

「真的嗎？」范園長頓時睜大眼睛問著。

「我請人打電話給政府機關的社工局去處理了，說是這裡有著無力扶養這二十二個孩子的私人機構，要把孩子通通轉讓出去……」江先生用發笑的聲音說著。

「不行……江先生這個不行，這樣我不能同意……」范園長拍打著車體說：「這些孩子都是我的生命，除非最後一個孩子成人可以自己生活而離開我之外，我絕對不會放棄他們的！」

「不行是嗎？那我就請阿三把那位叫做麗美的女孩抓起來送進少年感化院去處理了喔！」江先生半威脅的說著。

「江、江先生拜託你……除了這些我都可以答應你，對了……聽說您家裡目前缺幫傭嘛？我可以去幫忙，我可以……」范園長拉下臉不斷的懇求著。

「范女士……妳這把年紀了，來我們家做幫傭，我怕不適合吧？要我選也要選個年輕的女孩子。那不然這樣好了，就叫那兩個女孩來怎麼樣？」江先生的話不曉得是開玩笑，還是真的有這種打算，但是怎麼想范園長絕對是不會同意的。

「不行……她們……她們……」范園長臉色沉重的說。

「這也不行！那也不行！范園長！現在是妳在要求我，還是我在拜託妳啊？妳想清楚一點！我這是在為妳著想啊！」

江先生從楊祕書手中接過一根雪茄，直接抽了起來，接著說：「孤兒院的事情我都已經打點好了，妳還有哪裡不滿意了？從好幾年前就在跟我說經費不足的事情，我看妳還不是撐到現在？但是我看現在的情景已經大不如以前了，孩子們的素質一個比一個差，趕快把孩子送出去給政府機關不就好了，免得那些孩子把我家當成藏寶地點，三天兩頭就去我家偷東西還得了啊？」

每字每句都是尖酸到令人刻骨銘心，范園長還是只能附和著。

「我講的話妳可要好好考慮一下啊！范園長。還有這些孩子在拆除前就給社工人員接走不就好了，妳不如把心思放在這次竊盜案上吧！」

「他們都還只是個孩子，阿三哥，你是個警察，幫我評評理一下……」范園長只能把希望放在警察阿三身上。

「哎呀！你們私底下自己說好和解方式，我都不干涉，我說的是不是，江先生。」警察阿三對著江先生擠眉弄眼的。

范園長這時候才明白自己不管怎麼說都只能啞巴吃黃蓮，只好淡淡的說：「我是那孩子的監護人，依法來說，孩子的事情在未成年之前，都應該由我負責的，所以你要抓我回去偵訊，請便吧！不過我在外界認識幾位警界人員，他們『一定很樂意跨區來處理』這件事的……」范園長的話果然嚇到警察阿三和江先生，只好摸摸鼻子要范園長回局裡草草的結案。

得不到好處的江先生，也只好悻悻然的離開這裡。

「阿三哥，能給我一些時間嗎？我交待完孩子的事情馬上過來。」范園長說。

「快點、快點……」警察阿三坐在車內不耐煩的說。

「謝謝。」范園長快步的走回孤兒院門口。

看到范園長打發掉江先生後，終於回到他們身邊。

哲輝高興的望著范園長說：「園長……我們贏了嗎？」

「什麼贏了……我們又不是打仗……」

范園長走上前緊緊抱著曉春和麗美說：「妳們真傻……我有沒有這種名份都沒差，最重要的是妳們，妳們才是我的財產，一輩子的金銀財寶……」

「園長……」曉春哽咽的說。

麗美卻已經撲在范園長的懷裡哭泣了。

「等一下我會過去警察局一趟，曉春妳可要好好的幫我看好他們啊！可別跟著起哄了，不然下次就沒這麼好擺平了，知道嗎？」范園長說。

「嗯……」曉春點頭後，接著問：「范園長，沒事吧？我們做的那些事情不好處理吧？」

「沒事，江先生只是單純的想要修理我們，順便讓村裡的人認同他拆除這所孤兒院的想法，如此而已。」范園長把剛才的對話，輕鬆的用個謊言帶過去。

「但是我看到那個禿頭色瞇瞇的看著醜八怪和麗美……」邑瑋好奇問著。

「別亂講！曉春，幫我帶這些孩子進去吧！」范園長轉頭用眼神阻止了邑瑋的胡思亂想。

「活該！被園長罵了吧？」曉春對著邑瑋吐舌頭後，抓著麗美的肩膀說：「麗美我們該進去了，準備吃飯囉！」

「麗美我先走了喔……」范園長起身準備離開，卻發現麗美抓著她的衣服不放。

「麗美……」曉春看到這個情形，只能默默的看著范園長如何處理。

「麗美，我等一下就會回來了，別擔心了。」范園長親吻麗美的額頭說。

「……對不起。」麗美說。

「我說過了，錯不在妳身上，而是我自己的問題，沒能盡到一個『做母親』的責任，實在是我的失職。所以……麗美，妳要成為一個獨當一面的大姊姊才行，一直以來妳都是我的得力助手，不是嗎？現在該做什麼，妳一定比我還懂的。」范園長摸著麗美的長髮說。

麗美這才鬆開手，背對著大家，偷偷擦拭眼淚。

范園長對曉春說：「我已經跟其他老師說過了，晚一點大家吃完飯以後，先去把行李打包好，曉春妳的也是，別顧著招呼孩子們，卻忘了自己的。」

「好啦！園長我知道了，妳快去快回吧！」曉春微笑的說。

看著范園長離去的身影，還真的讓人有些惆悵與感傷。

看到麗美姊姊回來的身影，大家都高興的在餐廳門口迎接著她。

「你們還在做什麼？等下不是要先整理行李嗎？」麗美又扳起臉孔看著大家說。

「不要這麼拘束嘛！麗美……」曉春跳出來緩頰。

孩子們看到麗美生氣的臉，只好失望的慢慢走回餐廳裡面。

「但是……真的謝謝你們，還把我這個帶頭做壞事的人，當成是姊姊……」麗美感動的微笑著。

「耶——」孩子們頓時都開心的歡呼著。

看著孤兒院孩子終於可以高興的吃著飯，曉春才真正了解到麗美對整個孤兒院的影響力。

「我們也進去吃吧！」哲輝說完，便往餐廳走進去。

「我不餓，你們先進去吃吧！我有話跟曉春姊姊講。」麗美制止了曉春要衝進餐廳的舉動。

「嘿嘿！醜八怪妳的早餐要被我解決了。」邑瑋對著曉春奸笑。

「你敢？」曉春瞇著眼看著邑瑋說。

「邑瑋！」麗美叫著。

「有！」邑瑋回答得很迅速。

「別胡鬧！記得留多一點給曉春姊姊，知道嗎？」麗美正色的看著邑瑋。

「好啦……」邑瑋聽話的點點頭，走了進去。

「有什麼話不能直接說的嗎？」曉春歪著頭問。

「跟我走就對了。」麗美抓著曉春的手往一旁樹蔭下走去。

曉春看著手上的錶，已經快要九點鐘了，夏天的太陽越來越炎熱，連躲在樹蔭底下還是汗流浹背。

「妳走吧！我們不會怪妳的。」麗美背對著曉春說。

「妳在說什麼啊！什麼走不走、怪不怪的！」曉春有些不高興的說。

「妳沒看到我們現在的情況嗎？搞不好又有誰會像我失去理智，做些讓江先生借題發揮的事情的話會連累到妳的，懂不懂？」麗美說。

「要發揮就給他發揮就好了，反正惡人做壞事自然會有法律制裁他的，若沒別的事我要先去吃飯了。」曉春懶洋洋的回答。

「沒人制裁得了他們的，妳沒看到剛才那位警察根本是幫著江先生的？搞不好哪天他又丟幾個罪名給我們，而妳是局外人，我們絕對不會讓妳冒這個險的！」

「對對對，事到如今才說我是個局外人，妳真是一個討厭鬼耶！」曉春不服氣的說。

聽到曉春的回罵，麗美正要回頭反擊的時候，曉春已經緊抱著她說：「我一定要跟你們共進退，不管孤兒院是拆還是留，只要你們在，就一定有辦法的……」

「……我們真的可以看到孤兒院存留下來嗎？」麗美頭埋在曉春的胸前問著。

「我想一定可以的。」曉春望著天空那片像極了一個小天使的雲朵，用肯定的語氣說著。

13.
最後的晚餐

「哇——這些是什麼啊？」真倫看著餐廳桌上的烤肉食材興奮得大叫著。

「看起來好好吃喔！」圓圓對著一大盤牛五花大叫著。

「今天要吃烤肉嗎？」哲輝好奇的問著。

「是晚上。」曉春和邑瑋兩人抱著一大箱木炭走了過來。

「真的嗎？耶——」真倫和圓圓抱在一塊跳著舞。

「拜託！當你們在整理行李的時候，我跟醜八怪不曉得搬幾箱東西了，待會晚上吃烤肉我要吃最大塊的！」邑瑋抱怨的說。

「我明明就很可愛！你幹嘛一直叫我醜八怪啊！」曉春不高興的反駁著。

「囉嗦！妳就跟以前有位老太婆一樣，愛計較這麼多！」邑瑋用滿不在乎的表情說著。

「誰是老太婆啊？」曉春好奇這位被邑瑋稱為老太婆的女人是誰。

「是佳佳姊姊啦！」哲輝搶過曉春搬木炭的位置，接手繼續往桌上走去。

「哈哈！佳佳姊姊明明很漂亮，竟然被你叫成那樣……」曉春捧腹大笑著。

幾個孩子都好奇的看著曉春。

「怎麼、怎麼了啊？幹嘛一直看著我？」曉春尷尬笑著。

「妳不是說妳不認識佳佳姊姊嗎？」哲輝發問。

「啊……那個……」曉春這時候才發現自己得意忘形，差點就露出馬腳，趕緊說：「她算……她是我學校裡的學姊啦！哈、哈哈哈……」

「那曉春姊姊一定認識佳佳姊姊囉！」圓圓高興的抱住曉春的大腿問著。

「嗯……見過幾次面而已啦！不是很熟……」曉春搔著頭說。

「這樣喔……原本想問妳知不知道佳佳姊姊為什麼這次暑假不來這裡……」圓圓露出失望的表情，卻還是把她的目的講了出來。

「沒差啦！來不來都無所謂了，反正這暑假有醜八怪來就已經夠累了，再加上佳佳那個老太婆可能這裡就夷為平地了，就跟『七龍珠』那本漫畫一樣！」邑瑋打趣的說著。

「可惡啊！把我形容的跟怪物一樣是不是？」曉春走上前敲了邑瑋腦袋一下。

「很痛耶！不要趁我拿東西的時候欺負我！」邑瑋向曉春抗議。

「你們行李都整理好了嗎？」麗美從門口探頭問。

「麗美姊姊！曉春姊姊說她認識佳佳姊姊耶！」真倫像是剛得到八卦消息的狗仔隊一樣，趕緊發布消息。

「什麼？」麗美用狐疑的眼神看著曉春。

「慘了，麗美這麼聰明，一定瞞不了她的……」曉春在心裡如此想著。

「我怎麼沒聽妳說過。」麗美走向前瞇眼望著曉春的眼神。

「幹嘛啦！一直看我，我會害羞的！」曉春撥開麗美的緊迫盯人的頭和眼神，隨手找事情做著。

「妳們是怎麼認識的啊？」麗美像是在審問犯人一樣。

「我就說我們是學姊和學妹的關係嘛……唔！」曉春這時候腦袋才轉了過來，原來她所說的謊話拿來騙騙這些像是邑瑋這種單細胞生物還行，但是同樣的說法馬上就被麗美識破了。

放她。

「騙人，妳說謊！」麗美的眼神緊緊的盯著曉春，不管曉春如何轉移陣地一樣不放她。

「哪、哪有……」曉春結巴的回答。

「妳的身份證影本我看過了，妳明明才十六歲，佳佳姊姊現在二十歲，妳們根本不可能在同一所學校碰面的！」麗美的眼神就像是大偵探一樣，眼球好比福爾摩斯的放大鏡。

「妳又知道喔！地球就是這麼小嘛！學姊回來幫忙學校處理事情的時候剛好讓我遇到了，所以我們就是這樣認識的，怎麼樣？」曉春對自己撒謊的功力更上一層樓，得意的呵呵大笑起來。

曉春和麗美激情的辯論，讓其他的孩子看得一頭霧水。

「這理由太牽強了！我是覺得妳有必要隱瞞我們想知道的事情嗎？」麗美眉頭深鎖的問著。

「這……」曉春正考慮要不要把實情說出來時，邑瑋突然說話，讓曉春解圍了。

「醜八怪，這箱木炭擺在這裡嗎？」邑瑋問著。

「木炭？」麗美這時候才發現餐廳桌上堆了許多烤肉食材和用具。

「擺在地上就好，不要放桌上以免危險。」曉春像是溺水者抓到一根浮木一樣，高興的擺脫麗美的追問。

「這些是？」麗美看著桌上的食材，手指卻開始不斷的抽動著，似乎已經在算這一筆的開銷了。

「曉春姊姊說今天吃烤肉耶！」圓圓貼在麗美身上，不斷撒嬌著。

「為什麼……我們經費不是……」麗美露出不可思議的表情，似乎這些已經超過孤兒院可用的額度了。

「這些可是我和義工老師們出的錢喔！所以妳就儘管放心吧！」曉春把麗美所擔心的事情一掃而空。

「但是這些不就花費妳們……而且妳還只是個高中生而已……」麗美看著這些食材就大概知道花費的金額，卻還不知道都市裡的孩子所拿的零用錢，遠遠超過麗美的想像。

「還好啦！賣菜和賣肉的阿婆跟阿伯都有算我們便宜很多了，重點是，還免費幫我們送來這裡！」曉春說。

「反正有烤肉吃就好了嘛！」真倫看著鐵鍋內的蛤蠣吐著沙，口水快要流了下來。

麗美嘆了一口氣，緩緩找了張椅子坐了下來。曉春看到麗美落寞的神情，大概已經猜到她所想的是什麼了。

「有句話不是這樣說的嗎？」曉春走到麗美的身旁坐了下來說：「今天不管遇到快樂的事情、悲傷的事、不順遂的事情，只要過了就不要去想了，因為明天是新的一天，誰也不能去預先知道明天又會是怎麼樣的生活，不是嗎？」

「嗯……我知道。」麗美微微的點著頭，小聲的回答著。

「所以只要順其自然就好了啊！」曉春樂天的笑著。

「真好。」麗美說。

「什麼真好啊？我不懂……」曉春望著真倫玩弄著鐵鍋內的蛤蠣，邑瑋和哲輝對著黑通通的木炭交頭接耳，圓圓則是用指甲碰觸著被保鮮膜包好的五花肉片。

「妳好快樂喔……我真的好想擁有妳這種性格喔……」麗美低頭笑著。

「像我……哈哈！那會是個笨蛋喔！」曉春對自己冒失的性格哈哈大笑了起來。

「是笨蛋也無所謂，只要快樂就好了……吶！曉春，妳記得我跟妳說過天使的那個故事嗎？」麗美玩弄起自己的長頭髮。

「對唷！上次妳還沒講完耶！」曉春記得麗美在天台上，講到一半的故事。

「那時候妳還睡著了耶！如何？妳想聽聽看後續嗎？」麗美把自己的頭髮打了個結。

「當然。」曉春肯定的對著麗美點點頭。

※※※

彼特自從遇到約翰之後，他的命運開始轉變了，每次只要有外來天使來旅行的時候，總會留下一根羽毛給彼特。他們總是說，有位約翰天使曾經對他們說過彼特的事情，令他們感到同情，所以來到這個地方，自然而然的想要見見本尊。

而這件事情一傳十，十傳百，很快的彼特終於收集到一定數量的羽毛了，有黑、有白、有黃、有綠、有紅……各種顏色的羽毛他都有，彼特高興的寫封信託旅行的天使幫他帶給約翰，因為他始終記得跟約翰有個約定。

但是日子一天又一天的過去，約翰一直沒有履行承諾來找彼特，而彼特卻惦記著那個約定，遲遲不想動手編織那些收集到的羽毛。

「彼特啊！為什麼你還不趕快動手把這些羽毛編織起來呀？」人類養父問著彼特。

「父親大人，這是我和約翰的約定，我不想食言。」彼特悠悠的說著。

「約定終究只是個約定，如果等到你生命到了盡頭以後，你才發現對方已經忘了你們之間的約定，這不是得不償失嗎？」養父說著。

「假如是這樣，我也認命了，因為不管怎麼做都會有遺憾的……」彼特心事重重的說著。

「這怎麼說呢?彼特。」養父加了柴火進壁爐裡燒著，外頭正下著雪。

「一來若我裝上翅膀，飛去約翰的故鄉找到他，才發現他真的忘記這回事的時候，我一定會悲傷得抑鬱而終的；二來就是我一旦裝上翅膀以後，我就會變成真正的天使了，到時候我就不能隨時隨地的伺候父親大人您了。」

「這兩者都是遺憾啊！不如保持現狀不是比較好嗎？」彼特如此說著。

就這樣日子一天接著一天過去了，時間沖淡了一切，正當彼特快要忘記被他鎖在倉庫底層，那些羽毛的往事時，人類村莊來了一位傷痕累累的天使，他自稱是彼特的朋友。彼特聽到這個消息之後，飛也似的帶著放在鐵盒塵封已久的羽毛，去找那位天使朋友。

「約翰?約翰真的是你嗎？」彼特望著全身破爛且身上的傷口已出現腐敗味道的一個『人』。

「彼特……我來了，我收到你的回信了。雖然晚了十幾年，但是我還是要履行我們的約定。」

「約翰……你到底發生了什麼事了？你的傷？」彼特走上前攙扶著約翰，根本不在意他身上的惡臭和噁心的腐肉。

「對不起，十年前我收到你的回信以後，我太高興了，所以飛得特別低，因而誤中人類捕鳥的陷阱，才會弄斷這對上天多給我的翅膀。」約翰滿臉歉意的說著。

「天啊！所以你花了十年時間，步行走到人類這個村落嗎？」彼特驚訝的大叫。

「是啊！因為中途要湊些旅費，我還停留在許多城市打工，有一頓沒一頓才這麼晚到這裡……」

「這不值得你這麼做啊！」彼特搖搖頭說。

「不，這是我們的約定，我不能食言。」

「約翰，你聽我說，我已經下定決心要當個人類了，所以這對翅膀當我們完成它的時候，請把它送給需要的天使吧！而那個受益的天使最佳人選就是你啊！約翰！」

彼特緊緊抱著約翰說。

「彼特……」約翰感動得迫不及待要完成那對翅膀，不顧自己傷口惡化的程度。

直到翅膀即將完成時，約翰就在最後的羽毛編織上去前，斷了氣。

彼特悲傷的抱著約翰痛哭了三天三夜，直到約翰被埋進家裡附近的大樹下。彼特抱著這對天使翅膀發愁了好幾個月，因為他已經放棄成為天使，這對翅膀對他來講，已經是可有可無的東西了，他想送給跟他相同命運的天使，卻苦遇不到。

所以他把天使的翅膀掛在自己屋頂上面，希望可以找到需要它的天使出現，但是有天村裡被遺棄的人類孩子看到天使翅膀的招牌，認為這是一個可以無條件容納、接納他的地方，所以就在這住了下來。

彼特沒有忘記當初跟約翰約定好的事情，他要花一輩子的時間，去尋找需要翅膀的孩子，或許眼前這位孩子也是跟他命運相同的天使吧！

所以彼特把他當成自己的孩子，細心的照料他，且不到幾年的時間，彼特的屋子已經住滿了許多被遺棄的孩子們，加上彼特不畏辛苦且一視同仁的照顧他們，所以這

些孩子們都把彼特當成「爸爸」或是「媽媽」來看待。

不求回報，無私、真誠的奉獻，這就是天使孤兒院的由來。

※※※

「所以天使孤兒院是爸爸，也是媽媽的存在，所以我根本不需要現實生活那個曾經如此對待我的『爸爸』……」麗美想到那個被她自己封存在記憶底層的痛苦回憶。

「麗美！不要說了！那個人根本是個混蛋！不要為了他而鑽牛角尖，懂嗎？」曉春不知何時已經將麗美擁在懷裡。

「好多年……直到現在，每天……每晚……我還是會被那個曾經的惡夢給驚醒，直到佳佳姊姊和妳的到來，我才深深的體會到，那一覺到天明的感覺是多麼美好……」

曉春眼眶裡的眼淚不停的打轉著，她手足無措的不知道要怎麼樣安慰麗美，因為

她以為麗美的堅強，早已經忘記那個虐待她的生父，結果只是裝出來的。她一直以來都很膽小，害怕一個人獨處，當時去後山的時候，就該察覺出來的才是，所以曉春是為自己的無能感到自責。

「麗美姊姊！園長回來了！」門外有位孩子高興的叫喊著。

曉春擦掉眼角流下的淚水，跟著他們一起走到門口迎接范園長的歸來。

范園長剛走進大門，準備鎖門的時候，大伙兒圍著她。

「園長——」曉春高興得跳起抱著園長。

「醜八怪！這……太誇張了吧！」邑瑋站在一旁大罵著。

「幹嘛！吃醋了喔？要不要我也這樣抱你呀？」曉春裝出一副蓄勢待發的樣子。

「不、不要，才不要呢！」邑瑋馬上紅著臉害羞的猛搖頭。

「看到你們都恢復元氣了，我想我的擔心是多餘的。」范園長深深的親吻著曉春，連口水都牽絲的滑了下來。

「唔哇——我的臉頰還沒有給別人親過，竟然被園長捷足先登了……」曉春裝出

哭喪的臉對大家說著。

「妳活該。」麗美走上前故意酸了曉春幾句。

「麗美妳……」范園長看見麗美竟然沒有以前那種憂鬱的眼神，感到不可思議的說。

「我終於走出那個，我從來不敢提起的……那道門檻了。我想跟曉春一樣，要對任何事情抱有樂觀的態度，這樣自己和別人才會感到快樂。就像現在一樣，明天是怎麼樣不重要，重要的是今天到底選擇如何過下去，才是我想要的。」麗美抓著園長的手。

「我想跟弟弟妹妹一同感謝所有的義工老師和曉春姊姊……」麗美說。

曉春聽到自己的名字被提起，趕緊抬頭挺胸起來。

「謝謝她們無私的奉獻，還有今天晚上的烤肉經費……」

「曉春妳們……」這次換園長哽咽的說著。

「園長別說了，大家都肚子餓了，就等園長到齊我們才能升火享受這個大餐

呀！」曉春推著范園長的身體往餐廳走去。

「耶——我要蛤蠣！」真倫大叫著。

「耶——我要蝦子！」邑瑋大叫著。

「耶——我要烤玉米！」哲輝大叫著。

「耶——我要豬肉、牛肉、雞肉、海鮮！」圓圓大叫著。

「拜託你們真的是……」麗美嘆口氣和一旁的曉春相視而笑。

※※※

「離拆除孤兒院的日子，只剩下兩天了……」坐在醫院病床上的李佳佳此時正看著自己的手錶，指針指向凌晨三點鐘。

她打開窗戶，吹吹冷風讓自己清醒一些。

「希望趕得上……」李佳佳喃喃自語。

14.
準備

早晨的鳥叫聲，讓人覺得特別舒服，看著麻雀一隻隻的在樹枝上跳啊跳，卻被一陣巨大的聲響嚇得四處飛竄。原來是一台全身塗滿黃漆的怪手挖土機緩緩的開到孤兒院前面，操作手熄掉引擎走了下來。

「江先生！什麼時候要開始動工啊？」操作手問著坐在黑頭車上，翹著二郎腿看報紙的江生生詢問進度。

「嘖……」江先生一副你是什麼階層的態度，敢問我什麼時候動工的表情，繼續看著報紙。

「七點半才開始，你就先到樹蔭底下休息吧！別來煩江先生。」副駕駛座的楊祕書一副剛被吵醒的模樣，不耐煩的說。

「喔……」操作手轉身來，小聲暗罵著：「跩個屁啊！連問個時間都不行！」

楊祕書剛被吵醒，睡眼惺忪的看著手錶確認一下時間。

「快七點了，裡面的土人應該都搬走了吧？」楊祕書這番話故意說給後座的江先生聽。

「不用管他們，我七點半就要動工，風水師跟我說這是最好的時辰。」江先生將報紙翻了一面。

「除了剛才那一台挖土機外，還有兩台還沒上山，我待會催一下。」楊祕書從口袋拿著手機準備撥打的樣子。

「你最好確定另外兩台不會給我遲到，不然你就倒大楣了！」江先生不悅的說。

「是、是。」楊祕書正在搜尋著手機的電話簿，邊說：「但是昨天聽阿三說，他巡邏這邊好幾次了，沒看到孤兒院裡面的人有離開的跡象耶……會不會故意來阻礙我們啊？」

「哼！就憑那幾個臭小鬼？」江先生冷笑著。

「裡面突然異常的安靜，而且都要拆除了，照道理來講他們應該會來看孤兒院的最後一面吧？」楊祕書覺得不安的第六感正在心裡這樣的告訴他。

「哼！那給我叫阿三過來待命，都給他那麼多錢了，養狗也要期待狗聽話的一天嘛！」江先生嘴角淺笑了一下。

「好！我馬上連絡。」楊祕書按下撥號鍵。

沒多久電話接通了，楊祕書從淺談的面貌漸漸轉變成鐵青冒汗的臉說：「你說什麼——另外兩台挖土機被困在山腳下？」

「搞什麼東西啊！」江先生一聽，氣得把報紙丟在一旁。

「被誰擋你們說清楚一點……誰……村民？一大群的村民？」楊祕書聽著手機驚訝的看著江先生。

「馬上打電話給阿三，叫他趕快去處理！」江先生說。

楊祕書立即掛上電話，重新撥號給警察阿三。

「喂！阿三，我楊祕書，我跟你說喔！你幫忙去了解一下山腳下那兩台挖土機被全村的村民包圍是什麼情況，馬上幫我們處理一下，我們七點半要準時動工，知道嗎？」電話那頭剛掛斷，江先生的腳已經憤怒的跺了起來。

「把車開進去，順便先叫那台挖土機跟著進到孤兒院待命。」江先生說。

「是、是……」楊祕書看到江先生氣急敗壞的樣子，連忙稱是。

司機發動引擎開到孤兒院的門口，才發現鐵門竟然沒關，便下了車把鐵門推開來，好讓車子進去。

「我想他們應該是搬走了吧！不然怎麼沒關門……」楊祕書自我安慰著。

司機一上車開進去沒多久就聽到「碰」一聲。

司機方向盤失控偏右打了快九十度了，車裡面江先生和楊祕書一陣尖叫，好不容易才把車子停住。

「唔、哇！搞、搞什麼東西啊！撞到什麼東西啊！」江先生大罵著司機。

「江、江先生……車子好像爆胎了……」司機早就汗流浹背的說。

「壓到什麼東西呀？」楊祕書下車察看。

沿著剎車痕跡往回走，才發現痕跡的起點上有好幾片透明玻璃碎片故意似的倒插在地上，可以解釋為什麼司機沒注意到。

「江先生！」楊祕書看到這種狀況趕緊回去報告。

不過，才剛跑沒幾步就跌個四腳朝天。

「唔哇——」楊祕書下意識的抬頭看絆倒他的東西到底是什麼。

一條繩子?奇怪?剛才走過來的時候，明明沒有繩子啊?楊祕書正在納悶的時候，那條繩子動了起來「咻」一聲，往草叢裡縮回去。

「有人!」楊祕書心裡頭正如此想的時候，車子那邊卻發出一陣慘叫。

楊祕書趕緊起身跑到車內察看著。

「江先生怎麼了……唔哇——」楊祕書一看到整車都是大大小小的蟑螂流竄，嚇得退後好幾步。

「搞、搞什麼——」江先生幾乎是用跳的下車，他跑向楊祕書身邊一連跳了好幾次，不斷的往身上抓啊抓，連皮膚起的雞皮疙瘩都明顯的讓人覺得噁心。

「江先生……」楊祕書嚇得往後又跌了一跤。

「你還在幹什麼啊!還不快來幫我!唔——哇——」江先生悲慘的叫著。

正當楊祕書要起身幫忙的時候。

正當江先生要喘氣休息的時候。

從天而降的爛泥巴不偏不倚的澆到他們身上。

「唔唔——」兩人不由得吞了幾口爛泥巴水。

「呸、呸……」兩人吐了幾口口水。

楊祕書憔悴的問江先生：「蟑螂是從哪裡來的啊？」

「我怎麼知道！突然有人騎腳踏車過來丟一個紙盒子進車裡，紙盒散開以後蟑螂就全部跑出來了啊！」江先生看起來快要崩潰的樣子。

「一定是那些臭小鬼！看我怎麼修理你們！」楊祕書拿起口袋的手機，正要撥打的時候，一個小石頭飛快且不偏不倚的打掉楊祕書手上的手機。

「痛啊——」楊祕書甩著被石頭打到的手，往草叢那裡看去，有一位小男孩拿著彈弓往裡面逃了進去。

「在那邊！」江先生也看到了，激動的大叫。

「好！司機你還不快點來幫忙！」楊祕書對車內的司機大叫。

沒想到司機卻一動也不動的躺在駕駛座上，昏死過去了，兩人看到這個畫面，不

停的打哆嗦，明明現在還是酷暑的七、八月啊！

「我們先回到外面等阿三來吧？」楊祕書提議。

「也只能這樣了！」江先生兩步併一步的往門口走去。

大門就在眼前，楊祕書好奇的說：「剛才……我們的的確確是把門推開的吧……現在……」大門完全被鐵絲鎖死並關上了。

「可惡！」江先生衝上前準備解開鐵絲的時候，突然大叫著：「唔哇——我的媽呀！」江先生一副被電到的模樣，跳著退離大門好幾步。

「竟然連大門都動了手腳……」楊祕書已經嚇得不知所措。

「這群小鬼……這群小鬼！范園長……我看妳準備吃牢飯了！」江先生咬牙切齒的說。

「江先生，你的手機借我一下。」楊祕書接過江先生的手機後，開始撥打著。

「喂！阿三！不要管挖土機了，馬上給我來孤兒院這邊！我跟江先生遭到孤兒院的攻擊……」「啪！」

「怎麼了？」江先生看到楊祕書像是搜不到訊號似的動作，不安的詢問著。

「剛剛明明滿格啊……怎麼突然沒訊號了……」

「那群小鬼該不會連干擾器這種東西都有吧……」江先生一副不可置信的模樣。

「是啊！我的確有買一支來惡作劇用的，不過只是個夜市地攤貨罷了。」一個女孩子的聲音從旁邊傳來。

一個清秀的短髮女孩，站在他們面前。

「妳、妳是……妳是上次擋在我面前的那個女孩！」江先生印象深刻的想起她，但是卻叫不出名字。

「我叫曉春，請記得我的名字。」曉春微笑著。

「妳知不知道妳在幹什麼啊……」「啪！」

一道強力的水柱打到楊祕書的臉上。

「我們正在保護這裡啊！」邑瑋拿著水槍走了出來。

「臭小鬼……」楊祕書正要以大人的力量來教訓眼前的小孩時，卻看到頭上的陽

光突然暗了下來，才發現有個捕魚網從天上撒了下來。

「正中目標。」哲輝笑嘻嘻的跟一大群孤兒院孩子高興的叫喊著。

兩人不斷的在魚網中掙扎，卻不知道越掙扎只會纏繞得更緊。圍在他們身邊的孩子越來越多，似乎已經是全員到齊的狀態。

「快放開我們！你們這群臭小鬼！」江先生怒吼著。

「你願意把孤兒院這塊土地捐出來的話，我可以考慮一下。」麗美從圍觀的人群裡面走出來。

「開什麼玩笑！等警察阿三來到，你們就完蛋了！」楊祕書惡狠狠的瞪著麗美。

「早知道你們有掛勾了。」曉春走上前，蹲在他們面前說著。

「哼！知道又怎麼樣？我就是有錢！你們能拿我怎樣？」江先生不服氣的說。

「我們的確不能對你怎樣，但是卻可以拖延你的時間。聽說你是個滿迷信的人嘛……」曉春看著手錶的時間。

距離七點半還差十分鐘，眼看曉春的計劃即將達成的時候……

15.
姊姊的計謀

「砰、砰——」兩聲槍響劃破寂靜。

「全部給我蹲下！」門口外的警察大叫著。

「呀——」頓時尖叫聲四起，許多孩子還哭了出來。

大家都被突如其來的槍聲給嚇到了。

「為什麼可以開槍……」哲輝全身顫抖著說。

「蹲下！全部人先蹲下。」麗美冷靜的指揮著大家。

大家都安靜的蹲了下來，有些孩子低頭哭泣著，有些人蜷縮在一起，人群裡面有人小聲的問道「我們會不會死掉」，這種話傳出來，讓大家人心惶惶。

「不會的！警察沒有這種權力亂開槍的！」曉春肯定的安撫大家。

「把門打開！」外頭的警察大叫著。

「唉呀！阿三你來的正好，我正想教訓教訓這群小鬼！」江先生還是一副愛面子逞強的樣子。

「不要碰鐵門，有電。」哲輝看到警察阿三準備碰那扇門的時候，好心提醒。

「電？小孩子想騙我……唔哇——」警察阿三一副不信邪的模樣，果然一碰到鐵門就大叫著。

「那個傢伙是笨蛋嗎？」邑瑋用不屑的眼色說著。

「還不快把電給我拔掉！然後把門打開！」警察阿三惱羞成怒的喊著。

「……」麗美站起身，走到一旁廢棄警衛室前面，蹲了下來。

那裡延伸出一條電線連接到鐵門那裡，麗美按下了開關。

「你們這群小鬼竟然敢整……唔哇——」警察阿三手擺在鐵門上，又被電了一次。

「電源還沒有全關。」麗美冷冷的說道。

「臭小鬼不要給我玩花樣！」警察阿三胡亂拿槍比劃著大罵。

「自己愛碰，笨蛋。」曉春嘲笑的說。

「可以了，邑瑋、哲輝把門打開吧！」麗美說。

邑瑋和哲輝小心翼翼的拆著鐵門上的鐵絲，慢慢的把門推了開來。

「你們這群小鬼待會就知道處罰是什麼了！敢跟我作對！」江先生憤怒對著走回人群的麗美說。

「給我回去蹲好！手放頭上！」楊祕書一副狐假虎威的樣子。

「好不甘心……」麗美小聲的跟一旁曉春說。

「是啊……接下來只能等待了……」曉春一直看著門外遠方。

「等待？有誰會來嗎？」麗美好奇的問。

曉春靜默著，沒有回答麗美，因為她自己也沒有十足的把握去證實。

沒多久挖土機終於如願以償的開了進來。

「呸！」江先生拿著手帕不斷擦著臉，邊吐著口水。

他高興的望著挖土機慢慢的一點一滴打掉孤兒院的教室，得意的嘴臉深深的掛在臉上。

「我們的教室……」真倫望著破碎磚瓦落了下來，也跟著落淚了。

「我就是要讓你們仔細看清楚，你們的狗窩被拆得支離破碎，哈哈哈！」楊祕書

對著曉春等人大聲訕笑著。

「你說什麼！」邑瑋站起身來準備上前找楊祕書理論。

「給我蹲下！」邑瑋被一旁看守他們的警察阿三壓回地上。

江先生轉過身攤著手說：「到現在我還沒有看到范園長啊！該不會你們被『媽媽』給拋棄了吧？可憐的小狗們啊！哈哈哈！」

「啪嚓——」一陣照相機的閃光和聲音出現。

「誰！」大家隨著警察阿三的大喊，往閃光的方向望去。

一個年輕的男孩站在一旁拿著相機拍著。

「你是誰？誰准你在這拍照的？」楊祕書質問著。

「除了拍照，我們還有用小型攝影機當作記錄耶！」另外一旁走出了一個拿攝影機的女孩。

「沒看到門口那塊招牌寫著私人土地嗎？誰准你們進來的？」江先生不悅的問。

「平常的時候我們知道是不能進來的，但是今天就是個例外。」更多更多的大人

們走了出來。

「你們到底是哪裡來的？沒看到警察在這裡執行公務嗎？」警察阿三秀出他的警徽。

「是啊！我有看到……我有看到有位警察沒著警服也沒有依危機處理程序就隨便對空鳴槍。」一個有著成熟面貌穿著警察衣服的男人走了過來。

「主、主……主管你、你怎麼也來了……」警察阿三結巴的說著。

「有位跟我認識十幾年的老朋友來找我幫忙，我能不過來嗎？況且我來的時候就有許多大學生、一般民眾都在一旁站著，我好奇問了之後，才知道原來有位警察特別『友愛市民』啊！連休假期間都還忙著值勤，你說是不是？」這位被稱做主管的警察冷冷的說。

「是……是……」警察阿三臉色鐵青的說。

「警察大人，我們是依法處置自己的土地啊！結果有一群小鬼來搗亂！」楊祕書不斷解釋著。

「這才不是你們的土地呢！」一個年輕的男孩站了出來說：「這塊土地明明是我爸爸的！當初是因為有位過世的江先生說要建立一所孤兒院而餽贈出去的！」

「你胡說！你有什麼證據說是你們家的！」江先生大叫著。

「當然有啊！」一個熟悉的女孩聲音。

李佳佳坐著輪椅被身旁的朋友推了出來。

「佳佳姊姊？」孤兒院的孩子們都瞠目結舌的看著。

「曉春，先去阻止那台挖土機！」佳佳對蹲在地上的曉春說。

「好！麗美，我們走！」曉春感動得快要流下眼淚，姊姊履行承諾出現在她眼前，而且還帶了超多幫手過來。

曉春和麗美飛也似的衝向那台施工的挖土機。

「不要挖了！停下來——」曉春大喊著。

「拜託停下來！」麗美也站在一旁喊著。

不曉得是不是施工聲音太大，操作手一直沒聽到。

麗美用手勢示意告訴曉春，說她有辦法。突然間麗美跑到挖土機的正前面，張開雙手大聲的喊著「住手」，這時候挖土機瞬間切掉電源停了下來。

「喂！小妹妹這樣很危險耶！」操作手大叫著。

「麻煩你停止拆除了！我們正在協商中。」曉春爬在挖土機上說。

操作手轉頭看著江先生那裡已經被許多人還有幾個警察圍住了，打趣的說：「早知道如此，我連機器都不用開過來了，還得看那個有錢人的嘴臉，真是令人氣憤。」

曉春終於解決挖土機動作，對著麗美微笑著說：「走吧！我們去聽結果！」

「曉春，妳所等待的那個人該不會是佳佳姊姊吧？」麗美驚訝的問著。

「當然囉！」曉春說。

「天啊……妳們到底是怎樣的關係啊？」麗美一頭霧水的樣子。

「到時候妳就知道了啊！」曉春俏皮的吐著舌頭。

※※※

「我手上有證據可以證明當初江先生的父親過世之前，已經把土地權狀還給了這個男孩的父親。」李佳佳一副自信滿滿的樣子。

男孩攤開他手上土地權狀的資料，給一旁的主管警察看著。

「我想……江先生的父親恐怕知道江先生是個貪得無厭且自私的人，早就把這塊土地還給當初捐地的人，目的就是預防這些孩子會無家可歸。」李佳佳說。

「妳這女人少給我在這邊亂講話！小心我告妳毀謗！」江先生早已經冷汗直流。

「她說的都是真的！你手上所拿的土地權狀不是造假，不然就是根本沒有，要不然你也不會三番兩次跟黑道掛勾，常常來騷擾我們！」男孩生氣的大喊著：「我爸爸今天五月去世了，他特別掛心這裡的土地會被你挪用，所以特別叮嚀我不要畏懼惡勢力，一定要舉發你！」

「口說無憑！當心我連你、你、你、你們都一起告！」江先生指著在場的所有人。

只有楊祕書已經像是知道紙包不住火，全身顫抖著不敢說話。

「江先生別激動嘛！要證據我們已經查到了。」一個掛有調查組名牌的警察站了出來說：「涉嫌侵佔多起土地、教唆黑道介入多起買賣案、重金收買品性有問題的警察、淘空、洗錢、地下簽賭……這些指控已經夠你好好打一場官司了。」

「唔……」江先生像是做賊心虛一樣，嚇得說不出話來。

一旁的警察阿三已經被奪去配槍拷上手銬，押往門口去了。而楊祕書則是當場跪了下來，求爺爺告奶奶的大聲哭喊：「我什麼都沒做！我只是聽從江先生的指示而已！」

還沒說完，楊祕書也被拷上手銬，他大喊著：「我家裡還有兩個不到六歲的孩子要養啊！拜託你們、拜託你們啊！別抓我、別抓我！」

雖然看似殘忍，但這確實是正義所該執行的事情。

「做這種事真的是遺害整個家庭吶！」李佳佳看著失神的江先生被架出孤兒院的畫面，淡淡的說出這句話。

「姊姊……」曉春握緊了拳頭，正在壓抑著自己的情緒。

「姊、姊姊？佳佳姊姊竟然是……」麗美一副大夢初醒的模樣。

「啊？那個醜八怪竟然跟佳佳老太婆是姊妹關係？」邑瑋張大嘴巴大叫著。

「太不思議了……」哲輝閉上眼睛不敢相信。

真倫和圓圓則是看看曉春又看著李佳佳說：「不管了啦！是誰都好！」許多小孩都跑向李佳佳的身邊。

「等一下、等一下。」李佳佳張手阻止了大家的激情，直說：「其實你們要感謝的人，是在場的這些大哥哥、大姊姊們，他們聽到我所描述的情況，都是他們給我的勇氣和方法，加上他們今天特地請假來聲援各位，我想你們應該知道怎麼做了吧……」

「謝、謝、大、哥、哥、大、姊、姊！」一陣超不整齊的感謝聲此起彼落的喊著。

「不會、不會。」有人抓著幾位孩子來個合照。

也有幾個人沮喪的說他已經是個「歐吉桑」了。

大家熱鬧的慶祝著。唯獨麗美沉著臉看著李佳佳。

「佳佳姊姊……妳怎麼了……」看著李佳佳坐輪椅的樣子，麗美感到難過的說。

「嗯？妳說這個啊？沒事啦！」李佳佳抱著她身前的麗美說：「只是我在學校參加田徑比賽的時候弄傷的，來到這裡拿著拐杖一定不方便，所以才特地借來這台輪椅。」

「嗯……沒事就好。」麗美安心的說。

「姊姊！給我一個擁抱吧！」曉春高興的湊了上來。

「妳唷！就不用了！」李佳佳誇張的推開曉春。

「小氣……」曉春吐著舌頭說。

「那個……」李佳佳身後有個男孩開口。

大家都望著他。

男孩對大家點點頭微笑說：「我想我過世的父親一定會叫我這麼做的。」

他遞上那張權狀到李佳佳面前說：「哪一天有空，我們一起去地政事務所辦過戶吧！順便一起喝個咖啡，妳看怎麼樣？」

「喔……」孩子們都發出一陣驚嘆的聲音，看來正想湊合佳佳姊姊的喜事。

李佳佳微笑的點點頭，大家頓時歡天喜地起來了。

「要去約會的話，可能也要帶上我這個老太婆一起去喔！」大門口，范園長牽著一輛腳踏車，滿頭是汗的喘氣著說：「看來我的老朋友有趕上這場盛會……」

「園長回來了……」孩子們呼喊著。

園長一手掩面而泣，一邊跟大家招手。

「耶——」曉春搶先抱著范園長，不斷的親吻她，大家真的都樂翻了，因為打了一場漂亮的勝仗。

「妳不去嗎？」李佳佳望著身旁的麗美。

「拜託……我去了誰能幫妳推輪椅呀？」麗美和李佳佳相視而笑。

「佳佳……謝謝妳們！」范園長看到李佳佳過來，以慈祥的面容看著她。

「范園長，妳就別客氣了，我想大家都會很樂意幫忙的。」曉春對范園長眨眨眼，便走到麗美的跟前大聲宣布著：

「麗美……別忘了要去市區的國中報到喔！」曉春突然的說了一句話。

「咦？」麗美疑問的看著。

「咦……麗美可以上國中了？」邑瑋和哲輝滿臉失望的神情大叫著。

「好棒喔！」真倫抓著圓圓，高興的揉著她的臉。

「每天要很早起床，然後走上好幾公里的路，而且國中就面臨很多考試壓力、人際關係之類的事情，這樣妳還想去嗎？」曉春故意測試麗美的說。

「當然囉！」麗美正經八百的回答。

「我就知道妳會這麼說，妳的學費可是大家的愛心，妳要好好認真讀書啊！」曉春給了麗美一個親吻。

「喀嚓！」一陣閃光，李佳佳拿著相機拍下這個美好的畫面，見證著這兩個人之間永遠的友誼。

16.
暑假作業

「那時候大家都在之前廢棄的教室裡上課，晚上辦試膽大會、白天往後山踏青……總之歡樂時光過得特別快……就在那個邑瑋小鬼每天喊著『醜八怪』下，暑假就這樣結束了。」

「而我也要在這裡跟大家宣布……孤兒院就會在這個九月中旬改建完畢，到時候一定有嶄新的教室給大家使用，真的是感謝各界的善心捐款……我想……」

此時此刻，曉春正在學校講台上發表老師所訂下的暑假作業。

「我是幸福的，我擁有這麼健全的家庭，雖然有時候爸爸總是洗完澡會光著身子到處亂跑，惹得媽媽不高興，但是有人可以囉嗦的確是件好事。就像是麗美曾經跟我說過『他們已經一無所有了，但是他們卻意外得到大家給予的祝福，所以她會永遠珍惜這一切』。」

「而我，也開始體會到『有些東西不趁現在抓牢，到時候失去了，才知道痛苦』這個道理。」曉春對自己的心得感到非常滿意，不時對著台下的同學點頭稱是。

「那，曉春同學，妳準備好發奮圖強用功讀書了嗎？都升二年級了，可不要再拿

吊車尾的成績了喔！」站在一旁的老師也是「有感而發」的發問著。

「這個……」曉春紅著臉不斷搔著頭面有難色的說。

「哈哈哈！」老師的一番話惹得全班同學哄堂大笑。

「曉春，妳是不是沒寫作業，所以胡亂掰出這個故事？」底下的男同學發問。

「哪有！是真實發生過的！不信你明年寒假跟我一起去！」曉春不服氣的反駁。

「妳當我女朋友我就跟妳一起去！」底下的男同學不斷起哄。

「誰要跟你……」曉春話還沒反駁完就被老師打斷鬧哄哄的氣氛。

老師走到講台上說：「好了！各位同學，不管曉春同學說的故事是真是假……」

「是、真、的……」曉春特別強調著。

「好啦！老師相信妳說的是真的。」老師的一句話又讓學生們笑成一團。

老師接著說：「或許你們周遭也會遇到這種情況，有些同學的家庭也不是那麼完整，這個時候身為朋友的你，就能發揮你們的功用了……」老師口沫橫飛的接手曉春的心得報告，順理成章的為同學上了一個像是生活與倫理還是公民道德的課程。

曉春失望的回到座位上。

「曉春最會講故事了，不錯，這次的故事我給九十分。」坐在曉春後方的死黨小美調侃著。

「怎麼連妳也這麼講……」曉春不服氣的捏了她的鼻子一下。

「嘿！很痛耶！」小美抱怨著。

「活該，誰叫妳不相信我。」曉春低著頭。

「怎麼了啊？不高興了喔？」小美問著。

「我怎麼可能不高興，我可是樂天得很！」曉春拿起手中的相片，舉得高高的。

「相片的另外一個女孩子就是我所說的『麗美』喔！」

大家屏氣凝神看著。

「好可愛喔！」一堆男孩子尖叫著。

「但是絕對、絕對不會介紹給你們這些男生認識的，所以你們死心吧！」曉春向男孩子們做了一張鬼臉。

「呃……」男孩子們都發出惋惜的聲音。

「哇！真的有耶！」小美拿起曉春珍藏的照片反覆的看，接著說：「那……她現在已經在國中上課了喔？」

「是啊！吶！」曉春回頭瞇著眼看她。

「怎、怎麼了啊？」小美感到不自然的縮著身子。

「明年我們一起去好不好？我手上剛好有張門票，只有天使的朋友才有的唷！」

曉春拿著一封信在手上，不停晃呀晃。

那封信上，有著五個孩子的姓名。

寫著「張麗美、賴邑瑋、趙哲輝、黃真倫、陳圓圓」敬上。

「這是約定喔！彼特。」小美的耳朵裡，竟然清楚的聽到那位天使所說的話。

「看吧！妳也聽見了，是不是？」曉春望著窗外天空傻笑著。

一片像極了一位小天使的卷雲，正在天空上自由自在的飛翔著。

悲傷天使

作者　阿貴

責任編輯　禹金華

美術編輯　蕭佩玲

封面設計　蕭佩玲

出版者　培育文化事業有限公司

信箱　yungjiuh@ms.45.hinet.net

地址　新北市汐止區大同路三段一九四號九樓之一

電話　（02）8647-3663

傳真　（02）8674-3660

劃撥帳號　18669219

CVS代理　美璟文化有限公司

TEL／(02)27239968

FAX／(02)27239668

總經銷：永續圖書有限公司

永續圖書線上購物網

www.foreverbooks.com.tw

法律顧問　方圓法律事務所　凃成樞律師

出版日期　2012年10月

國家圖書館出版品預行編目資料

悲傷天使 / 阿貴著. -- 初版.

-- 新北市 : 培育文化, 民101.10

面 ;　公分. -- (勵志學堂 ; 31)

ISBN 978-986-6439-87-2(平裝)

859.6　　101015354

※為保障您的權益，每一項資料請務必確實填寫，謝謝！

姓名		性別	□男　□女
生日	年　月　日	年齡	
住宅地址	郵遞區號□□□		
行動電話		E-mail	

學歷

□國小　□國中　□高中、高職　□專科、大學以上　□其他______

職業

□學生　□軍　□公　□教　□工　□商　□金融業
□資訊業　□服務業　□傳播業　□出版業　□自由業　□其他______

謝謝您購買本書，也請您與我們一起分享讀完本書後的心得。

務必留下您的基本資料及電子信箱，使用我們準備的免郵回函寄回，我們每月將抽出一百名回函讀者，寄出精美禮物以及享有生日當月購書優惠！想知道更多更即時的消息，歡迎加入"永續圖書粉絲團"

您也可以使用以下傳真電話或是掃描圖檔寄回本公司電子信箱，謝謝！

傳真電話：（02）8647-3660　電子信箱：yungjiuh@ms45.hinet.net

●請針對下列各項目為本書打分數，由高至低5～1分。

	5 4 3 2 1		5 4 3 2 1
1.內容題材	□□□□□	2.編排設計	□□□□□
3.封面設計	□□□□□	4.文字品質	□□□□□
5.圖片品質	□□□□□	6.裝訂印刷	□□□□□

●您購買此書的地點及店名______

●您為何會購買本書？

□被文案吸引　□喜歡封面設計　□親友推薦　□喜歡作者
□網站介紹　□其他______

●您認為什麼因素會影響您購買書籍的慾望？

□價格，並且合理定價是______　□內容文字有足夠吸引力
□作者的知名度　□是否為暢銷書籍　□封面設計、插、漫畫

●請寫下您對編輯部的期望及意見：

★請沿此線剪下傳真、掃描或寄回，謝謝您的寶貴的意見！

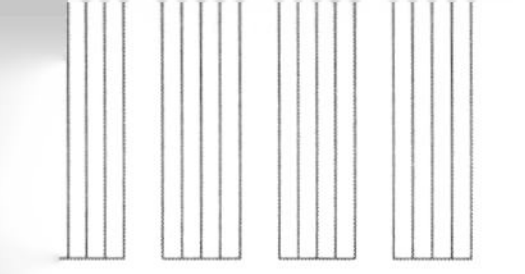

2 2 1 - 0 3

新北市汐止區大同路三段194號9樓之1

FAX：（02）8647-3660

E-mail：yungjiuh@ms45.hinet.net

廣　告　回　信
基隆郵局登記證
基隆廣字第200132號

培育

文化事業有限公司

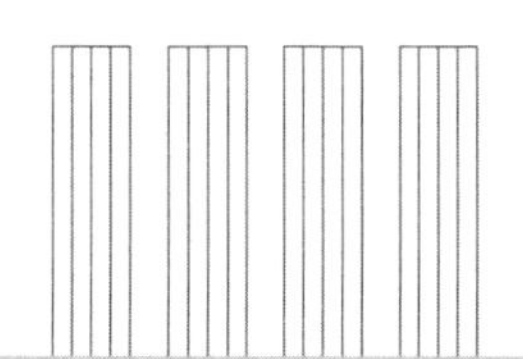

讀者專用回函

悲傷天使

培養文化育智心靈的好選擇